Memórias de um Burro

Clássicos **autêntica**

CONDESSA DE SÉGUR

Memórias de um BURRO

2ª EDIÇÃO | 6ª REIMPRESSÃO

Ilustração: H. Castelli
Tradução: Vera Chacham

autêntica

Copyright desta edição © 2019 Autêntica Editora

Título original: *Mémoires d'un âne*

Todos os direitos reservados pela Autêntica Editora Ltda. Nenhuma parte desta publicação poderá ser reproduzida, seja por meios mecânicos, eletrônicos, seja via cópia xerográfica, sem a autorização prévia da Editora.

EDIÇÃO GERAL E PREPARAÇÃO DE TEXTO
Sonia Junqueira

REVISÃO
Beatriz Magalhães
Lílian de Oliveira

IMAGEM DE CAPA
Escultura em papel
de Marcelo Bicalho

PROJETO GRÁFICO
Diogo Droschi

DIAGRAMAÇÃO
Christiane Costa

Dados Internacionais de Catalogação na Publicação (CIP)
(Câmara Brasileira do Livro, SP, Brasil)

Ségur, Sophie de, 1799-1874.
    Memórias de um burro / Sophie de Ségur ; ilustração H. Castelli ; tradução Vera Chacham. -- 2. ed.; 6. reimp. -- Belo Horizonte : Autêntica, 2025.

    Título original: Mémoires d'un âne
    ISBN 978-85-513-0478-5

    1. Ficção - Literatura juvenil I. Castelli, H. II. Título. III. Série.

18-23152   CDD-028.5

Índices para catálogo sistemático:
1. Ficção : Literatura juvenil 028.5

Iolanda Rodrigues Biode - Bibliotecária - CRB-8/10014

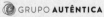

Belo Horizonte
Rua Carlos Turner, 420
Silveira . 31140-520
Belo Horizonte . MG
Tel.: (55 31) 3465 4500

São Paulo
Av. Paulista, 2.073, Conjunto Nacional
Horsa I . Salas 404-406 . Bela Vista
01311-940 . São Paulo . SP
Tel.: (55 11) 3034 4468

www.grupoautentica.com.br
SAC: atendimentoleitor@grupoautentica.com.br

*Ao meu patrãozinho,
Senhor Henri de Ségur*

Patrãozinho, você sempre foi bom pra mim, mas tem falado com desprezo dos burros em geral. Por mais que pense saber como são os burros, eu agora escrevo e ofereço a você estas memórias. Verá, patrãozinho, como eu, um burro, e meus amigos asnos, potrinhos e mulas temos sido injustamente tratados pelos homens. Verá também o quanto fui mau na minha juventude, o quanto fui punido e o quanto fui infeliz, e como o arrependimento me transformou e me devolveu a amizade dos meus camaradas e dos meus donos. Verá, enfim, que, quando tiverem lido este livro, no lugar de dizer: "imbecil como um burro", "ignorante como um burro", "teimoso como um burro", todos dirão: "espirituoso como um burro", "sábio como um burro", "dócil como um burro"... E você e seus pais ficarão orgulhosos desses elogios. Hi! Ho! Querido patrãozinho, desejo que você não se pareça, na primeira metade da sua vida, com este seu fiel servidor.

*Cadichon,
um burro sábio.*

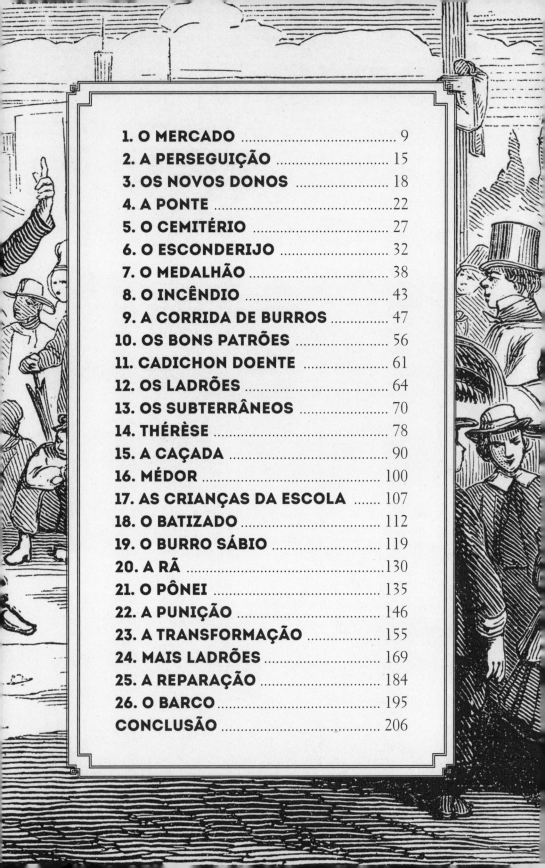

1. O MERCADO 9
2. A PERSEGUIÇÃO 15
3. OS NOVOS DONOS 18
4. A PONTE 22
5. O CEMITÉRIO 27
6. O ESCONDERIJO 32
7. O MEDALHÃO 38
8. O INCÊNDIO 43
9. A CORRIDA DE BURROS 47
10. OS BONS PATRÕES 56
11. CADICHON DOENTE 61
12. OS LADRÕES 64
13. OS SUBTERRÂNEOS 70
14. THÉRÈSE 78
15. A CAÇADA 90
16. MÉDOR 100
17. AS CRIANÇAS DA ESCOLA 107
18. O BATIZADO 112
19. O BURRO SÁBIO 119
20. A RÃ 130
21. O PÔNEI 135
22. A PUNIÇÃO 146
23. A TRANSFORMAÇÃO 155
24. MAIS LADRÕES 169
25. A REPARAÇÃO 184
26. O BARCO 195
CONCLUSÃO 206

1. O MERCADO

Não me lembro da minha infância, mas provavelmente fui infeliz como todos os burrinhos, bonito e gracioso como todos somos. E com certeza eu era muito inteligente, porque, mesmo velho, ainda sou mais esperto do que todos os meus amigos. Mais de uma vez passei pra trás os coitados dos meus donos, que eram apenas homens e que, em consequência, não podiam ter a inteligência de um burro.

Vou começar contando um dos golpes que apliquei nos meus donos, no tempo da minha infância.

Os homens, não podendo saber tudo o que sabem os burros, ignoram, sem dúvida – e vocês, que estão lendo este livro, também não têm ideia do que todos os burros amigos meus sabem: todas as terças acontece, na cidade de Laigle, uma feira onde vendem legumes, manteiga, ovos, queijo, frutas e outras coisas deliciosas. Terça-feira é dia de suplício pros meus colegas.

E era assim pra mim também, até eu ser comprado pela minha boa e velha dona, sua avó, com quem vivo agora. Eu pertencia a uma fazendeira rude e ruim. Imagine, patrãozinho, que ela não sossegava até juntar todos os ovos que suas galinhas botavam, toda a manteiga e os queijos que fazia com o leite de suas vacas, todos os legumes e frutas que amadureciam durante a semana, pra encher as cestas que colocava no meu dorso.

E quando eu estava tão carregado que mal conseguia andar, essa mulher ruim ainda se sentava em cima dos cestos e me obrigava a trotar

A malvada mulher ainda se sentava em cima das cestas...

assim esmagado, sobrecarregado, até o mercado de Laigle, a uma légua da fazenda. Todas as vezes eu ficava com muita raiva, mas não tinha coragem de demonstrar, por medo dos golpes de porrete: minha dona possuía um bem grosso, cheio de pontas, e doía muito quando ela me batia com ele. Cada vez que via ou ouvia os preparativos para o mercado, eu suspirava, gemia, zurrava, na esperança de comover meus donos.

– Vamos, seu burro folgado! – diziam, ao virem me buscar. – Fique quieto, não nos ensurdeça com sua voz horrível. *Hi! Ho! Hi! Ho!* – Essa é a bela música que canta pra nós! Jules, meu filho, coloca esse vagabundo perto da porta, pra eu botar a carga no lombo dele!... Aí! Um cesto de ovos! Mais um!... Os queijos, a manteiga... agora os legumes!... Está ótimo. Essa carga vai dar um bom dinheiro. Mariette, minha filha, traz uma cadeira, vou subir no burro!... Muito bem! Vamos, boa viagem, mulher, e faz já esse burro folgado andar. Pega este porrete e baixa nele!

– Pá! Pá! Isso! Mais umas carícias dessas, e ele anda.

– Pá! Pá!

O porrete não parava de me acertar os rins, as pernas, o pescoço. Eu trotava, quase galopava, e a dona ainda me batia. Fiquei revoltado com tanta injustiça e crueldade e tentava dar coices pra jogar minha dona no chão, mas estava muito carregado e tudo o que podia fazer era saltar e me sacudir da direita pra esquerda. Mas tive o prazer de senti-la escorregando.

– Burro ruim! Animal idiota! Mula! Vou corrigir você a porretadas!

De fato, ela me bateu tanto que mal consegui andar até a cidade. Enfim, chegamos. Tiraram todos os cestos de cima do meu dorso arrebentado pra colocá-los no chão. Minha dona, depois de me amarrar a um poste, foi almoçar, e a mim, que morria de fome e de sede, não ofereceram nem um pouco de grama, nem uma gota de água. Mas descobri um jeito de me aproximar dos legumes enquanto a dona estava fora e me refresquei enchendo o bucho com um cesto de alface e de couve.

Em toda a minha vida, nunca tinha comido folhas tão deliciosas! Eu acabava a última couve e a última alface quando minha dona voltou. Ela soltou um grito ensurdecedor quando viu o cesto vazio, e olhei pra ela com um ar tão atrevido e satisfeito que ela logo adivinhou o crime que eu tinha cometido. Não vou repetir pra você os nomes com os quais ela me insultou. Ela tinha um tom de voz muito maldoso e, quando ficava com raiva, xingava e dizia coisas que me faziam ficar vermelho de vergonha, mesmo sendo eu um burro.

Ela pegou o porrete...

Então, depois de ter me dito as coisas mais humilhantes, às quais eu respondia lambendo os beiços e virando-lhe a traseira, ela pegou o porrete e se pôs a me espancar de forma tão cruel que acabei perdendo a paciência: dei-lhe três coices, dos quais o primeiro quebrou seu nariz e dois dentes, o segundo, o pulso, e o terceiro acertou no estômago e a jogou no chão. Vinte pessoas vieram pra cima de mim, me enchendo de golpes e xingamentos. Levaram minha dona não sei pra onde e me deixaram amarrado ao poste perto de onde estavam as mercadorias que eu tinha trazido no lombo.

Fiquei ali por muito tempo. Quando percebi que ninguém se lembrava de mim, comi um segundo cesto cheio de excelentes legumes, cortei com os dentes a corda que me prendia e retomei tranquilo o caminho da fazenda.

As pessoas com as quais eu cruzava no caminho se impressionavam de me ver sozinho.

– Vejam esse burrico com a rédea arrebentada! Ele fugiu – disse um.

– Então, está fugindo do trabalho – falou outro.

E todos começaram a rir.

– Ele não leva nenhuma carga nas costas – continuou o terceiro.

– Vai ver, andou fazendo coisa errada! – gritou um quarto.

– Pega ele então, homem! Podemos pôr o menino sobre a sela – disse uma mulher.

– Ah! Ele vai carregar direitinho você e o menino – respondeu o marido.

Procurando mostrar minha doçura e paciência, me aproximei delicadamente da mulher e parei bem junto dela, pra que pudesse subir no meu lombo.

– Ele não parece malvado, este burrico! – disse o homem, ajudando a mulher a se equilibrar na sela.

Eu sorri de pena escutando esta palavra: malvado! Como se um burro tratado com doçura pudesse ser malvado! Nós só somos raivosos, desobedientes e teimosos quando nos vingamos dos golpes e das injustiças que sofremos. Quando nos tratam bem, nós somos bons, bem melhores que os outros animais.

Levei pra casa a moça e seu filho, um menino fofo de dois anos que me acariciava, me achava simpático e bem que gostaria de ficar comigo. Mas avaliei que não seria honesto. Meus donos tinham me comprado, eu pertencia a eles. Eu tinha quebrado o nariz, os dentes, machucado o punho e o estômago da minha dona. Já tinha me vingado o bastante. Vendo então que a mãe ia ceder ao desejo do menino, e que ela gostava de mimá-lo (tinha percebido isso enquanto o carregava), dei um salto de lado e, antes que a mãe pudesse retomar minha rédea, saí no galope e voltei pra casa.

Mariette, a filha do meu dono, foi quem me viu primeiro.

– Ah! Olha aí o animal. Voltou na hora certa! Jules, venha tirar a sela dele.

Levaram minha dona não sei pra onde...

– Burro ruim – disse Jules, mal-humorado. – Sempre tenho de cuidar dele. Por que é que voltou sozinho? Aposto que fugiu. Bicho feio! – acrescentou, me dando um chute nas pernas. – Se você tiver fugido, vou lhe dar cem golpes de porrete.

Livre da sela e da rédea, me afastei galopando. Mas, mal tinha entrado no pasto, escutei gritos vindos da fazenda. Aproximei a cabeça da cerca e vi que vinham trazendo a fazendeira. Eram as crianças que gritavam. Eu observava com toda a atenção e escutei Jules dizer:

– Pai, vou pegar o chicote grande do carroceiro, vou amarrar o burro a uma árvore e bater até ele cair no chão.

– Vai, filho, mas não mata o bicho, porque senão a gente perde o dinheiro que ele nos custou. Vou vendê-lo na próxima feira.

Eu tremia de pavor ouvindo isso e vendo Jules correr até a estrebaria pra buscar o chicote. Eu não podia vacilar e, dessa vez, sem escrúpulos pelo dinheiro que meus donos iam perder, corri na direção da cerca viva que me separava dos campos, pulei por sobre ela com tanta força que quebrei os galhos e pude passar entre eles.

Corri pelo campo durante muito tempo, achando sempre que ainda me perseguiam. Enfim, não conseguindo mais correr, parei e procurei ouvir... Não escutei nada. Subi em um morro, não avistei ninguém. Então, comecei a respirar aliviado e a me alegrar por ter me libertado daqueles donos horríveis. Mas me perguntava o que iria acontecer. Se ficasse na região, me reconheceriam, me apanhariam e me levariam de volta aos meus donos. O que eu devia fazer? Pra onde iria?

Olhei em volta. Estava isolado e infeliz, e já ia começar a chorar pela minha situação quando me dei conta de que estava à beira de uma floresta maravilhosa. Era a floresta de Saint-Evroult.

"Que maravilha! Vou encontrar nessa floresta muita grama macia, água, musgo fresco. Fico nela por alguns dias, depois vou pra outra floresta, mais longe, bem mais longe da fazenda dos meus donos."

Entrei na mata. Comi com prazer uma grama tenra e bebi água de uma fonte linda. Começava a anoitecer. Eu me deitei sobre o musgo, ao pé de um velho pinheiro, e dormi tranquilo até o dia seguinte.

2. A PERSEGUIÇÃO

No outro dia, depois de ter comido e bebido, pensei na minha felicidade: "Aqui estou eu, são e salvo. Nunca vão me encontrar e em dois dias, quando estiver bem descansado, vou mais longe ainda."

Mal tinha acabado de pensar isso, escutei o latido distante de um cachorro, depois, de outro. Após alguns instantes, distingui os uivos de toda uma matilha.

Inquieto e até um pouco apavorado, eu me levantei e me dirigi a um pequeno riacho que havia observado de manhã. Mal tinha entrado nele, ouvi a voz de Jules gritando com os cachorros:

– Vamos, vamos, cachorrada, procurem bem, encontrem esse burro miserável! Mordam, despedacem as pernas do infeliz! E o tragam pra mim, vou experimentar meu chicote naquele lombo!

O pavor quase me fez cair, mas logo comecei a pensar que, se andasse pela água, os cachorros não iriam sentir meu cheiro. E, então, comecei a correr dentro do riacho, que, felizmente, era margeado dos dois lados por árvores muito espessas. Trotei sem parar durante muito, muito tempo. Os latidos dos cachorros se distanciavam cada vez mais, assim como a voz de Jules, e acabei por não escutar mais nada.

Ofegante, esgotado, parei um instante pra beber água e comer um pouco de musgo. Minhas pernas estavam duras de frio, mas eu não tinha coragem de sair da água, tinha medo que os cachorros chegassem perto dali e sentissem o cheiro dos meus passos. Quando me senti descansado, recomecei a correr, seguindo sempre no rio, até sair da floresta. Eu me encontrei então numa grande campina onde pastavam mais de cinquenta bois, e deitei ao sol, num canto do pasto. Os bois não ligaram pra mim, e eu pude comer e repousar à vontade.

À tardinha, dois homens entraram no pasto.

— Mano, — disse o mais alto — e se a gente levasse os bois esta noite? Disseram que existem lobos na mata.

— Lobos? Quem lhe disse essa bobagem?

— O povo de Laigle. Contam que o burro da fazenda dos Haies foi levado e devorado na floresta.

— Bah! Deixa pra lá. Eles são tão ruins, a gente dessa fazenda, que devem é ter matado o burro deles de pancada...

— E por que então disseram que o lobo o comeu?

— Pra ninguém saber que foram eles que o mataram.

— Mesmo assim, seria melhor voltar com os nossos bois.

— Faça como quiser, mano, pra mim tanto faz.

Não me mexi do meu canto, de medo que me vissem. A grama era alta e me escondia, pra minha felicidade. Os bois estavam do outro lado, não perto de mim, e foram conduzidos na direção da cerca e depois pra fazenda onde moravam seus donos.

Eu não tinha medo dos lobos, porque o burro do qual falavam era eu mesmo, e não vi nem um rabo de lobo na floresta onde passei a noite. Então, dormi maravilhosamente, e acabava de almoçar quando os bois voltaram para a campina, conduzidos por dois cachorros grandes. Eu olhava despreocupado pra eles, quando um dos cachorros percebeu minha presença, latiu com ar ameaçador e correu na minha direção. Seu companheiro o seguiu. O que fazer? Como escapar?

À *tardinha, dois homens entraram no pasto.*

Avancei por sobre as cercas que rodeavam a campina. O riacho que eu tinha percorrido a atravessava. Fiquei feliz por conseguir saltar, e escutei a voz de um dos homens da véspera chamando os cães. Continuei meu caminho calmamente, e assim fui até outra floresta, cujo nome ignoro. Eu devia estar a mais de dez léguas da fazenda dos Haies. Estava a salvo. Ninguém me conhecia, e eu podia aparecer sem medo de ser levado de volta aos meus antigos donos.

3. OS NOVOS DONOS

Durante um mês, vivi tranquilo naquela floresta. Às vezes me entediava um pouco, mas ainda assim preferia viver só a viver infeliz. Eu estava, então, mais ou menos feliz quando percebi que a grama estava diminuindo e endurecendo, as folhas caíam, a água ficava gelada, a terra, úmida.

Eu pensava: "Que azar! Que azar! O que vai acontecer? Se fico aqui, morrerei de frio, de fome, de sede. Mas ir pra onde? O que vai ser de mim?".

De tanto pensar, imaginei um meio de encontrar abrigo. Saí da floresta e fui até um vilarejo bem perto dali. Vi uma pequena casa isolada e limpa. Uma senhora simpática estava sentada na soleira, fiando. Eu me senti tocado por seu ar de bondade e de tristeza, aproximei-me dela e encostei a cabeça em seu ombro. A senhora soltou um grito, levantou-se depressa da cadeira, parecia assustada. Eu não me mexia e a olhei com ar doce e suplicante.

– Pobre animal! – disse ela, enfim – você não parece mau. Se não pertencer a ninguém, eu ficaria bem contente de pegar você pra ficar no lugar de Grison, que morreu de velhice. Eu poderia continuar a ganhar a vida vendendo meus legumes no mercado. Mas... Sem dúvida, você tem um dono – ela completou, suspirando.

– Com quem você está falando, vovó? – perguntou uma voz doce do interior da casa.

– Estou falando com um burro que veio deitar a cabeça no meu ombro e que me olha com um ar tão doce que não tive coragem de botá-lo pra fora...

– Vamos ver, vamos ver, respondeu a voz.

E logo vi, na soleira da porta, um bonito menino de seis ou sete anos. Suas roupas eram pobres, mas limpas. Ele me olhou com olhos curiosos e um pouco receosos.

– Posso passar a mão nele, vovó?

– Claro, Georget, mas cuidado pra ele não morder você.

O menino esticou o braço e, não podendo me alcançar, avançou um pé, depois o outro e conseguiu me acariciar o lombo.

Não me mexi, com medo de assustá-lo, apenas voltei a cabeça na direção dele e passei a língua na sua mão.

– Vovó, vovó, como ele parece bonzinho, este burrinho! Ele lambeu minha mão!

– É estranho que ele esteja assim, sozinho. Onde será que está o dono dele? Vai, Georget, circule pela aldeia, vá ao albergue onde os viajantes descansam. Pergunte a quem pertence este burrinho. Seu dono deve estar sentindo falta dele.

– Vou levar o burrinho, vovó?

– Ele não vai seguir você; deixe-o ir aonde quiser.

Georget partiu correndo, e eu trotava atrás dele. Quando viu que eu o seguia, chegou perto, me acariciou e disse:

– Aí, burrinho, já que me segue, na certa me deixará montá-lo...

E, saltando sobre meu dorso, gritou: – *Iu-Hu!*

Saí galopando de leve, o que deixou Georget deliciado.

– *Ho! Ho!* – ele gritou quando passamos na frente do albergue.

Eu logo parei. Georget desceu, e eu fiquei diante da porta, sem me mexer, como se estivesse amarrado.

– O que é que você deseja por aqui, menino? – quis saber o dono do albergue.

— Eu vim saber, senhor Duval, se aquele burrinho ali pertence ao senhor ou a algum dos seus clientes.

O senhor Duval chegou perto e me examinou atentamente.

— Não, não é meu nem de ninguém que eu conheça, filho. Procure mais longe.

Georget me montou de novo, eu parti galopando, e fomos seguindo, perguntando de porta em porta a quem poderia eu pertencer. Ninguém me reconhecia, e voltamos pra casa da avó, que continuava fiando, sentada na soleira.

— Vovó, o burrinho não é de ninguém daqui de perto. O que nós vamos fazer? Ele não quer me deixar e se afasta quando alguém tenta tocar nele.

— Nesse caso, Georget, é melhor não deixá-lo passar a noite ao relento, pode fazer mal pra ele. Leve o burro até a estrebaria do Grison

Saiu perguntando de porta em porta...

e dê a ele um feixe de feno e um balde de água. Vamos ver se amanhã nós o levamos ao mercado. Talvez possamos encontrar o dono.

– E se a gente não o encontrar, vovó?

– Aí ficamos com ele até que alguém o reclame. Não podemos deixar esse bicho morrer de frio durante o inverno, ou cair nas mãos de delinquentes que bateriam nele e o fariam morrer de cansaço e fome.

Georget me deu água, comida, me fez um carinho e saiu. Eu o ouvi dizer pra si mesmo, ao fechar a porta:

– Ah! Como eu queria que ele não tivesse dono e ficasse com a gente!

No dia seguinte, Georget me colocou um cabresto depois de ter me alimentado. Ele me levou até a porta, a avó me colocou no lombo uma sela bem leve e montou. Georget lhe trouxe um pequeno cesto de legumes, que ela colocou sobre os joelhos, e nós partimos para o mercado de Mamers. A boa mulher vendeu bem seus legumes, ninguém me reconheceu, e eu voltei com meus novos donos.

Vivi com eles durante quatro anos. Eu era feliz. Não fazia mal a ninguém, fazia bem meu serviço. Amava meu patrãozinho, que nunca me batia. Não me deixavam ficar muito cansado e me alimentavam direito. Além do mais, não sou guloso. No verão, cascas de legumes e ervas que nem os cavalos nem as vacas querem; no inverno, feno e cascas de batata, cenouras, nabos. Isso é o suficiente pra nós, burros.

Mas havia dias de que eu não gostava. Eram aqueles em que minha dona me alugava pras crianças da vizinhança. Ela não era rica e, nos dias em que eu não tinha trabalho, conseguia ganhar alguma coisa me alugando às crianças da casa vizinha. Que nem sempre eram boas...

Veja o que me aconteceu num desses passeios.

4. A PONTE

Éramos três burros enfileirados no pátio. Eu era um dos mais bonitos, dos mais fortes. Três meninas nos trouxeram aveia em uma gamela. Enquanto comia, eu escutava as crianças conversando.

– Venha, gente, vamos escolher nossos burros. Eu, em primeiro lugar. Quero aquele ali – disse Charles (apontando para mim com o dedo).

– Ah, você pega sempre o que você acha melhor! – falaram ao mesmo tempo as outras cinco crianças. – Temos é que tirar a sorte.

– Como você quer que a gente tire a sorte, Carolina? Podemos, por acaso, colocar os burros num saco e tirá-los como se fossem bolas de loteria? – retrucou Charles.

– Ah! Ah! Ah! Olha o bobo querendo pôr os burros num saco! Como se a gente não pudesse numerá-los, 1, 2, 3, 4, 5, 6, colocar os números dentro de um saco e cada um sortear o seu... – caçoou Antoine.

– É verdade! É isso aí! – gritaram os outros cinco. – Ernest, escreva os números em pedaços de papel enquanto nós vamos desenhá-los no lombo dos burros.

Eu dizia a mim mesmo: "Como esses meninos são tolos! Se tivessem a inteligência de um burro, em vez de ter o trabalho de escrever os números nos nossos dorsos, eles simplesmente nos enfileirariam ao longo do muro: o primeiro seria 1, o segundo 2 e assim por diante."

Enquanto isso, Antoine tinha trazido um grande pedaço de carvão. Eu era o primeiro, e ele escreveu um enorme 1 em minha anca; enquanto ele escrevia 2 sobre a do meu colega, eu me sacudi vigorosamente pra mostrar que sua invenção não era nem um pouco brilhante. Pois, ao me sacudir, as partículas do carvão se soltaram e o número 1 desapareceu.

– Imbecil! Agora eu tenho que fazer tudo de novo!

Enquanto ele refazia seu número 1, meu colega, que tinha visto o que eu fiz e que era bem esperto, também se sacudiu. E eis que o número 2 se foi. Antoine começou a ficar irritado. Os outros riam e zombavam dele. Fiz um sinal aos colegas, e deixamos que ele continuasse a fazer os números. Nenhum de nós se mexeu.

Ernest voltou com os números em papeizinhos dobrados, dentro de um lenço, e cada criança tirou o seu. Enquanto eles desdobravam seus papeizinhos, fiz mais uma vez um sinal aos meus colegas, e então todos nós, juntos, nos sacudimos mais ainda. Pronto: não havia mais carvão nem números. Era preciso começar tudo de novo, e as crianças ficaram furiosas.

Charles comemorava, debochando. Ernest, Albert, Caroline, Cécile e Louise gritavam com Antoine, que batia o pé de raiva. Todos se xingavam. Então, eu e meus colegas começamos a zurrar. A confusão chamou a atenção dos pais, que vieram correndo. Os meninos explicaram o problema. Um dos pais teve, enfim, a ideia de nos enfileirar ao longo do muro. E fez os meninos tirarem os números na sorte.

– Um! – gritou Ernest. Era eu.

– Dois! – falou Cécile. Era um de meus amigos.

– Três! – foi a vez de Antoine. E assim por diante, até o último.

– Agora podemos ir – disse Charles. – Eu saio em primeiro lugar.

– Oh! Eu logo o pego – respondeu Ernest, animado.

– Aposto que não – retrucou Charles.

– Garanto que sim – replicou Ernest.

Charles bateu no seu burro, que saiu a galope. Antes que Ernest pudesse me bater com o chicote, eu parti numa velocidade que logo me fez alcançar Charles e seu burro. Ernest não precisava me bater. Eu corria, voava como o vento. Ultrapassei Charles em um minuto. Os outros vinham atrás, rindo e gritando:

– Sensacional! O burro nº 1 é sensacional! Corre como um cavalo!

O amor-próprio me dava coragem, e continuei a galopar até que chegamos perto de uma ponte. Parei bruscamente. Acabava de ver que uma grande tábua da ponte estava podre. Eu não queria cair na água com Ernest, e, sim, voltar pra junto dos outros, que estavam bem atrás de nós.

– Eia! Eia! Vamos, burrinho! – disse Ernest. – Para a ponte, amigo, para a ponte!

Resisti, e ele me deu um golpe de vara. Continuei a caminhar na direção dos outros.

– Teimoso! Bicho idiota! Você vai voltar e passar pela ponte ou não?

Continuei a voltar na direção dos meus colegas, e me juntei a eles apesar dos xingamentos e pancadas do menino malvado.

– Por que você está batendo no seu burro, Ernest? – gritou Caroline. – Ele é excelente! Correu tão rápido que fez você ultrapassar Charles!

– Eu bato porque ele não quer passar pela ponte – disse Ernest. – Ele está teimando em voltar!

– Ah! É porque ele estava sozinho. Agora, que nós estamos todos aqui, ele vai passar, como todos os outros.

Pensei cá comigo:

"Coitados!". "Vão todos cair no rio! Preciso mostrar a eles que correm perigo..." E voltei a galopar, correndo na direção da ponte, para a satisfação de Ernest, ouvindo os gritos de prazer das crianças.

Galopei até a ponte. Lá, freei bruscamente, empacando como se estivesse com medo. Ernest, surpreendido, me forçava a continuar, mas recuei com um ar de pavor, o que surpreendeu mais ainda Ernest. O imbecil não via nada. No entanto, a tábua podre estava bem visível. Os outros tinham se reunido a nós e observavam, rindo, os esforços de Ernest pra me fazer passar e os meus pra não passar. Acabaram descendo de seus burros, cada um me empurrando, me batendo sem pena. Eu não me mexia.

– Puxe-o pelo rabo! – gritou Charles. – Os burros são tão teimosos que, quando queremos que recuem, eles avançam!

Começaram a me puxar pelo rabo. Eu me defendia escoiceando, e eles me batiam, todos ao mesmo tempo. Mesmo assim, não me mexi.

– Espera, Ernest – disse Charles. – Vou passar primeiro, e seu burro vai me seguir, com certeza.

Ele tentou avançar, mas eu me coloquei na sua frente, impedindo que entrasse na ponte. Charles, então, me fez recuar com golpes de chicote. Disse comigo mesmo:

"Pensando bem, se esse moleque ruim quer se afogar, que se afogue! Fiz o que pude pra salvá-lo. Que ele beba bastante água, já que quer tanto."

E assim foi. Logo que o burro colocou a pata na tábua podre, ela se quebrou, e lá estavam Charles e seu burro na água. Para meu companheiro, não havia perigo, pois ele sabia nadar, como todos os burros. Mas Charles se debatia e gritava sem conseguir sair da água.

– Uma vara! Uma vara! – pedia ele.

As crianças gritavam e corriam pra todos os lados. Enfim, Caroline achou um galho longo, pegou-o e levou até Charles, que o alcançou. Seu peso quase arrastou Caroline, que gritou por socorro. Ernest, Antoine e Albert correram até ela e, juntos, conseguiram, com muita dificuldade, retirar da água o infeliz Charles, que tinha bebido mais do que tinha sede e tremia da cabeça aos pés.

– *Uma vara! Uma vara!* – *pedia ele.*

...conseguiram, com muita dificuldade, retirar da água o infeliz Charles...

Quando ele já estava a salvo, a molecada desatou a rir da sua aparência digna de pena. Charles ficou nervoso. Os garotos montaram em seus burros e, rindo, aconselharam-no a voltar pra casa e trocar de roupa. Todo molhado, Charles voltou a montar no seu burro. Por dentro, eu ria daquela figura ridícula. A correnteza tinha levado seu chapéu e seus sapatos, a água escorria por seu corpo até o chão; seus cabelos, encharcados, estavam colados no rosto, e seu ar furioso acabava por torná-lo ainda mais patético. Os moleques riam, meus colegas saltavam e corriam pra demonstrar sua satisfação.

Devo acrescentar que o burro de Charles era detestado por nós todos, porque era briguento, guloso e besta, o que é muito raro entre os burros.

Enfim, Charles desapareceu. Os meninos e meus colegas se acalmaram. Todos me acariciaram e admiraram minha inteligência, e voltamos pra casa, eu no comando do grupo...

5. O CEMITÉRIO

Andávamos devagar e nos aproximávamos do cemitério do vilarejo, que fica a uma légua do casarão.

– E se a gente voltasse, retomando o caminho da floresta? – disse Caroline.

– Por quê? – perguntou Cécile.

– É que eu não gosto de cemitérios.

– Por que você não gosta dos cemitérios? Tem medo de ficar neles pra sempre? – disse Cécile, com ar zombeteiro.

– Não, mas é que eu penso naqueles que estão enterrados ali e fico triste.

As outras crianças zombaram de Caroline e caminharam na direção do muro. Já iam cruzá-lo quando Caroline, que parecia inquieta, parou seu burro, saltou no chão e correu pra grade do cemitério.

– O que você está fazendo, Caroline? Aonde vai? – gritaram as crianças.

Caroline não respondeu. Empurrou apressadamente a grade, entrou no cemitério, olhou em torno e correu na direção de uma tumba recentemente mexida.

Ernest a havia seguido, preocupado, e se juntou a ela no momento em que, abaixada perto da tumba, ela levantava um menino de mais ou menos três anos, cujos gemidos ela havia escutado.

– O que você tem, querido? Por que está chorando?

– Eles me deixaram aqui. Estou com fome – soluçou o menino.

– Quem é que deixou você aqui?

– Os homens de negro. Estou com fome – disse ele, soluçando.

– Ernest, vai rápido buscar nossas provisões, precisamos dar alguma coisa de comer pra este menininho. Depois ele nos explica por que está chorando e por que está aqui.

Ernest foi correndo buscar a cesta com provisões, enquanto Caroline tentava consolar o menino. Pouco depois Ernest reapareceu, seguido de todo o grupo, atraído pela curiosidade. Deram ao menino frango frio e pão molhado no vinho. À medida que ele comia, as lágrimas secavam, seu rosto retomava um ar mais calmo. Quando ele parecia saciado, Caroline perguntou por que estava deitado sobre aquela tumba.

– Foi minha avó que colocaram lá. Eu vou esperar que ela volte.

– Onde está seu pai?

– Eu não sei, eu não o conheço.

– E sua mãe?

– Não sei. Os homens de negro a levaram com a minha avó.

– Mas quem é que cuida de você?

– Ninguém.

– Quem é que alimenta você?

– Ninguém. Eu mamava na ama.

– Onde está sua ama?

– Lá, na casa.

– O que é que ela faz?

– Ela anda e come grama.

– Grama?! – exclamou Caroline. E as crianças se entreolharam, surpresas.

– Será que ela é louca? – disse Cécile, baixinho.

– Ele não sabe o que diz, é muito pequeno – comentou Antoine.

– Por que sua ama não levou você? – quis saber Caroline.

– Ela não pode, não tem braços.

A surpresa das crianças foi redobrada.

– Mas, então, como ela pode carregar você? – perguntou Caroline.

– Eu monto nas costas dela.

– Você dorme com ela?

– Ah, não! Seria muito ruim – exclamou o menino, sorrindo.

– Mas onde é que ela dorme, então? Ela não tem uma cama?

O menino começou a rir:

– Ah, não! Ela dorme sobre a palha.

– O que quer dizer tudo isso? – interrompeu Ernest. – Vamos pedir pra ele nos levar até sua casa. Veremos sua ama, ela vai nos explicar o que ele quer dizer.

– Eu confesso que não estou entendendo nada disso – falou Antoine.

— Você sabe voltar pra sua casa, querido? – perguntou Caroline.

— Sim, mas sozinho eu não vou. Tenho medo dos homens de negro, tem muitos deles no quarto da minha avó.

— Nós vamos com você. Mostre o caminho pra nós.

Caroline montou em seu burro e colocou o menininho entre os joelhos. Ele foi indicando o caminho e, cinco minutos depois, chegamos à cabana da Mãe Thibaut, que tinha morrido na véspera e sido enterrada de manhã.

O menino correu pra casa e chamou:

— Ama, ama!

Logo uma cabra saltou pra fora do estábulo aberto, correu até o menino e demonstrou sua alegria em revê-lo com mil saltos e carícias. O menino a abraçava, também feliz, e depois disse:

— Quero mamar, ama.

A cabra logo se deitou no chão. O menino se deitou perto dela e começou a mamar como se não tivesse bebido e comido havia pouco.

— Aí está a ama explicada, enfim – disse Ernest. – O que vamos fazer com este menino?

— Nós não temos nada a fazer – disse Antoine. – A não ser deixá-lo aí com sua cabra.

O menino se deitou perto dela e começou a mamar.

As outras crianças protestaram, indignadas.

– Seria abominável abandonar esse pobrezinho. Ele provavelmente logo morreria, por falta de cuidados – afirmou Caroline.

– O que você quer fazer, então? Levá-lo pra casa? – ironizou Antoine.

– Claro. Vou pedir à mamãe pra procurar saber quem ele é, se tem parentes... Enquanto isso, vou ficar com ele em casa.

– E nosso passeio de burros? Vamos deixar pra lá? – perguntou Antoine.

– Não, claro que não. Ernest fará o favor de me acompanhar, não é, Ernest? Continuem o passeio. Vocês são quatro, podem bem passear sem mim e sem Ernest.

– É isso aí, ela tem razão – disse Antoine. – Vamos montar e continuar nosso passeio.

Os quatro partiram, deixando a bondosa Caroline com seu primo Ernest.

– Que bom que ninguém me deu atenção e que tenham resolvido me amolar, passando tão perto do cemitério – disse Caroline. – Se não fosse isso, eu não teria ouvido esse menino chorar e ele teria passado a noite inteira sobre a terra fria e úmida!

Era em mim que Ernest estava montado. Compreendi, com minha inteligência habitual, que era necessário chegar o mais rapidamente possível ao casarão. Então saí no galope. Meu camarada me seguiu e chegamos meia hora depois.

No casarão, ficaram assustados com nosso retorno tão precoce. Caroline contou o que acontecera com o menino. Sua mãe não sabia muito bem o que fazer com ele quando a mulher do guarda se ofereceu para criá-lo como seu filho, que tinha a mesma idade. A mãe de Caroline aceitou e mandou perguntarem na vila o nome do menino e o que tinha acontecido com seus pais. Soube-se, então, que o pai tinha morrido um ano antes, a mãe, seis meses depois. O menino tinha ficado com uma velha avó ruim e avarenta, que morrera na véspera. Ninguém tinha pensado na criança, e ela seguiu o caixão até o cemitério. De resto, a avó tinha bens, o menino não era pobre.

Levaram a cabra pra casa do guarda, que criou o menino e fez dele um bom sujeito. Eu o conheço. Ele se chama Jean Thibaut. Nunca faz mal aos animais, o que mostra que tem bom coração, e me ama muito, o que prova sua inteligência...

6. O ESCONDERIJO

Eu estava feliz, já disse, mas minha felicidade ia logo terminar. O pai de Georget era soldado, e voltou pra casa, trazendo um dinheiro que seu capitão tinha lhe deixado ao morrer e a cruz que seu general lhe tinha dado. Comprou uma casa em Mamers, levou seu filhinho e sua velha mãe e me vendeu a um vizinho que possuía uma pequena fazenda. Fiquei triste por me separar da minha velha e boa dona e do meu patrãozinho, Georget. Os dois tinham sido bons pra mim, e eu tinha cumprido bem todos os meus deveres.

Meu novo dono não era ruim, mas tinha a mania estúpida de fazer todo mundo trabalhar, e eu junto. Ele me atrelava a uma pequena charrete e me fazia transportar terra, esterco, maçãs, madeira... Eu não gostava principalmente do dia de mercado. Não me sobrecarregavam muito nem me batiam, mas nesse dia eu ficava sem comer desde cedo até três ou quatro horas da tarde. Quando o calor estava forte, eu quase morria de sede, e tinha que esperar que tudo fosse vendido, que meu dono tivesse recebido seu dinheiro, que ele cumprimentasse os amigos, que o faziam tomar umas e outras.

Por causa disso, eu não era muito bonzinho. Queria que me tratassem com amizade, senão procurava me vingar. E eis o que imaginei um dia – você verá que os burros não são bestas. Verá também como eu me tornava maldoso.

No dia de mercado, levantavam mais cedo do que de costume na fazenda. Colhiam os legumes, batiam a manteiga, juntavam os ovos. Durante o verão, eu dormia numa grande campina. De lá, via e ouvia esses preparativos e sabia que às dez horas da manhã viriam me buscar pra me atrelar à pequena charrete, repleta de tudo o que queriam vender. Como já disse, ir ao mercado me entediava e me fatigava. Eu havia observado, na campina, um grande fosso cheio de arbustos e espinhos, e pensei que poderia me esconder ali, de forma que não pudessem me encontrar no momento de partir.

Assim foi: no dia do mercado, quando percebi as idas e vindas do povo na fazenda, entrei cuidadosamente no fosso e me enfiei tão bem ali que era impossível me perceberem. Já estava ali há uma hora, encolhido entre os arbustos e os espinhos, quando escutei o menino me chamar, correndo pra todos os lados, e depois retornar à fazenda. Ele tinha, sem dúvida, contado ao dono que eu tinha desaparecido, pois pouco depois ouvi a voz do próprio dono chamando sua mulher e todo o povo da fazenda pra me procurar.

– Ele deve sem dúvida ter passado pela cerca – dizia um.

– Mas por onde? Não existe brecha em nenhuma parte – respondeu outro.

– A gente deve ter deixado a porteira aberta – disse o dono. – Corram pelos campos, meninos, ele não deve estar longe. Vão rápido e tragam logo esse burro, porque o tempo está passando, e nós vamos chegar muito tarde.

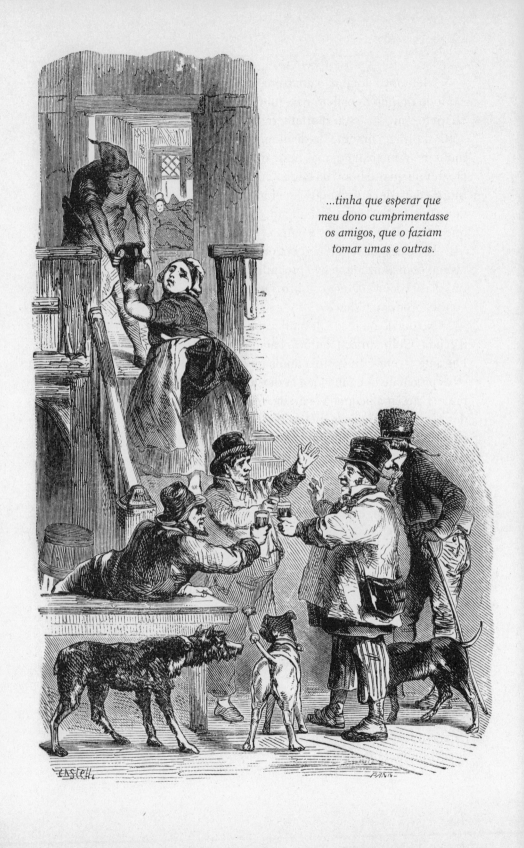

...tinha que esperar que meu dono cumprimentasse os amigos, que o faziam tomar umas e outras.

Partiram todos para os campos...

Partiram todos para os campos, correndo pelas matas, chamando por mim.

Eu ria baixinho dentro do meu buraco e tomava cuidado pra não aparecer. Os coitados retornaram sem fôlego, ofegando: durante uma hora, me procuraram por todos os lugares.

O dono blasfemava, me xingava. Disse que sem dúvida tinham me roubado, que eu era muito besta por ter me deixado pegar. Depois, fez atrelarem um de seus cavalos à charrete e partiu com grande mau humor. Quando vi que os que ficaram tinham retornado ao trabalho, que ninguém podia me ver, botei a cabeça, com precaução, pra fora do esconderijo, olhei ao redor e, me vendo sozinho, saí completamente do buraco. Depois, corri ao outro extremo da campina, pra que não pudessem adivinhar onde eu havia estado, e comecei a zurrar com todas as minhas forças. Com o barulho, o povo da fazenda veio correndo.

– Olha só, olha ele de volta! – exclamou o pastor.
– De onde ele veio?! – perguntou a dona.
– Por onde ele passou? – disse o carroceiro.

Alegre por ter escapado do mercado, corri até eles, que me receberam muito bem, me acariciaram, disseram que eu era um bom animal, por ter

Os coitados retornaram sem fôlego...

me salvado das mãos das pessoas que tinham me roubado. E me fizeram tantos elogios que fiquei com vergonha, porque sabia muito bem que merecia uma porretada, bem mais do que carícias. Deixaram-me pastando tranquilamente, e eu teria passado um dia agradável se não tivesse sentido peso na consciência, que me reprovava por ter passado pra trás meus donos.

Quando o fazendeiro voltou e soube do meu retorno, ficou bem contente, mas também bastante surpreso. No dia seguinte, deu uma volta pela campina e fechou com cuidado todos os buracos da cerca que a rodeava.

– Ele terá de ser muito esperto pra escapar de novo – disse, quando terminou. – Eu preenchi com espinhos e estacas até os menores buracos. Não dá pra passar nem um gato.

A semana passou, tranquila. Não se falava mais na minha aventura. Mas, no dia de mercado, retomei meu golpe maldoso e me escondi no fosso que tinha me poupado de uma grande fadiga e de um tédio enorme... Todos me procuraram, como da última vez, e se surpreenderam mais ainda, acreditando que um hábil ladrão tinha me levado, fazendo-me passar pela porteira.

– Desta vez – disse tristemente meu dono –, ele está definitivamente perdido. Não poderá escapar uma segunda vez. E, mesmo se escapar, não poderá voltar: eu preenchi bem demais todas as brechas da cerca.

E partiu, suspirando. Novamente, foi um dos cavalos que me substituiu na charrete. Da mesma forma que na semana anterior, só saí do esconderijo quando todo mundo tinha ido embora, mas achei mais prudente não anunciar meu retorno fazendo *Hi! Ho!* como da outra vez.

Quando me encontraram comendo tranquilamente a grama no pasto, e quando meu dono ficou sabendo que eu tinha voltado pouco tempo depois de sua partida, percebi que suspeitaram de algum golpe da minha parte, pois ninguém me elogiou, me olhavam com ar desconfiado, e eu compreendi que seria mais vigiado do que antes. Eu zombava deles e dizia a mim mesmo: "Amigos, vocês terão de ser muito espertos para descobrir meu golpe: eu sou mais esperto do que vocês e vou enganá-los de novo, e sempre".

Eu me escondi uma terceira vez, bem contente com minha esperteza. Mas eu mal tinha me encolhido no fosso quando escutei o latido possante do enorme cão de guarda e a voz de meu dono:

– Pegue, Guardião! Coragem! Coragem! Pule no fosso, morda atrás dos joelhos! Traga-o! Muito bem, meu cachorro! Pegue, Guardião!

Guardião tinha se lançado mesmo dentro do buraco e me mordia atrás dos joelhos e na barriga: o bicho teria me devorado se eu não tivesse saltado pra fora do fosso. Eu ia correr na direção da cerca e procurar uma passagem quando o fazendeiro, que me esperava, me laçou com um nó corrediço e me arrastou pra bem perto dele. Ele tinha se armado com um chicote, que me fez rudemente sentir. O cachorro continuava a me morder, o dono me batia, eu me arrependia amargamente de minha preguiça. Enfim, o fazendeiro mandou o cão embora, parou de me bater, tirou o laço, me botou um cabresto e me levou, envergonhado e ferido, pra me atrelar na charrete, que me esperava.

Eu soube depois que, da última vez, um dos meninos tinha ficado no caminho, perto da porteira, pra abrir se eu voltasse. Ele tinha me visto entrando no fosso e contado ao pai. O pequeno traidor!

Depois desse dia, foram bem mais severos comigo. Tentaram me trancar, mas descobri um meio de abrir todas as porteiras com os dentes: se era uma tranca, eu a levantava; se era uma maçaneta, eu a virava; se era uma fechadura, eu a empurrava. Eu entrava em todo lugar, saía de todo lugar. O fazendeiro xingava, ameaçava, me batia. Ele se tornava cada vez mais perverso comigo, e eu era mais e mais malvado com ele.

Eu me sentia infeliz, por minha culpa. Comparava minha vida miserável com a que levava antes, com esses mesmos donos, mas, em vez de me corrigir, eu me tornava cada vez mais teimoso e malvado. Um dia, entrei na horta e comi toda a alface; um outro dia, joguei no chão seu filho pequeno, que havia me denunciado; uma outra vez, bebi uma tina de creme que tinham colocado fora pra bater a manteiga. Eu pisava nos franguinhos, nos perus, mordia os porcos – enfim, eu me tornei tão ruim que a dona pediu ao marido que me vendesse na feira de Mamers, que devia ocorrer em quinze dias.

Fiquei magro e miserável por causa dos golpes e da má alimentação. Quiseram, pra me vender melhor, me colocar em bom estado, como dizem os fazendeiros, e proibiram as pessoas da fazenda e as crianças de me maltratar. Não me fizeram mais trabalhar, me alimentaram muito bem. Fui feliz durante esses quinze dias. Meu dono me levou à feira e me vendeu por cem francos. Ao largá-lo, eu teria gostado de lhe dar uma boa mordida, mas não quis passar uma má impressão aos meus novos donos e me contentei em lhe virar a traseira com um gesto de desprezo.

7. O MEDALHÃO

Fui comprado por um senhor e uma senhora com uma filha de doze anos, sempre sofrida, que se sentia muito entediada. Ela vivia no campo, e sozinha, pois não tinha amigas de sua idade. O pai não se ocupava dela, a mãe não a amava o bastante, mas mesmo assim não admitia que a filha amasse ninguém, nem mesmo os bichos. Contudo, como o médico havia prescrito uma distração, a mãe pensou que passeios de burro seriam bons para diverti-la.

Minha pequena patroa se chamava Pauline. Era triste e, com frequência, ficava doente. Muito doce, muito boa e muito bonita. Todos os dias, ela montava em mim, e eu a levava pra passear nos caminhos mais bonitos e nos pequenos e lindos bosques que eu conhecia. No começo, um empregado doméstico ou uma arrumadeira a acompanhavam, mas quando perceberam o quanto eu era doce, bom e cuidadoso com minha pequena dona, deixaram que fosse sozinha. Ela me batizou de Cadichon, e esse nome ficou.

– Vai passear com Cadichon – dizia seu pai. – Com um burro como esse aí, não há perigo. Ele tem tanta inteligência quanto um homem, e saberá sempre trazer você de volta pra casa.

Assim, nós saíamos juntos. Quando Pauline ficava cansada de andar, eu me ajeitava contra um monte de terra ou descia em um pequeno fosso pra que ela pudesse montar facilmente no meu lombo. Eu a levava pra perto das aveleiras carregadas de frutos e ficava imóvel, pra que ela os colhesse à vontade. Minha pequena dona me amava muito, cuidava de mim, me acariciava. Quando o tempo estava ruim e não podíamos sair, ela vinha me ver na estrebaria. Trazia pão, grama fresquinha, folhas verdes, cenouras. Conversava comigo, acreditando que eu não a entendia, me contava suas pequenas dores e, algumas vezes, chorava.

– Ah! Cadichon, dizia ela. – Você é um burro, não pode me entender. No entanto, você é meu único amigo, porque só pra você eu posso dizer o que penso. Mamãe me ama, mas é ciumenta, quer que eu goste apenas dela. Não conheço ninguém da minha idade, e acho tudo um tédio.

E Pauline chorava e me acariciava. Eu a amava também, sofria com ela. Quando estava perto de mim, eu tinha o cuidado de não me mexer, de medo de feri-la com minhas patas.

Um dia, Pauline veio correndo na minha direção, toda feliz.

– Cadichon, Cadichon – ela gritava –, mamãe me deu um medalhão com os cabelos dela! E quero pôr os seus junto, porque você também é meu amigo. Eu o amo, e assim eu teria os cabelos daqueles que mais amo no mundo!

De fato, Pauline cortou alguns pelos da minha crina, abriu seu medalhão e os misturou aos cabelos da mãe.

Eu estava feliz de ver o quanto Pauline me amava, estava orgulhoso de ver meus pelos em um medalhão, mas devo confessar que eles não causavam um efeito bonito: cinzentos, duros, espessos, faziam parecer que os cabelos da mãe de Pauline eram rudes e horríveis. Pauline não via isso. Virava seu medalhão em todos os sentidos e o admirava quando sua mãe entrou.

– O que é que você está olhando? – quis saber a mãe.

– É meu medalhão, mamãe – respondeu Pauline, tentando ocultá-lo.

– Por que você o trouxe aqui?

– Pra mostrar pro Cadichon.

– Que bobagem! Na verdade, Pauline, você perde o raciocínio com esse seu Cadichon! Como se ele pudesse compreender o que é um medalhão de cabelos.

– Eu garanto, mamãe, que ele compreende muito bem, ele até me lambeu a mão quando... quando...

Pauline enrubesceu e se calou.

– E então! Por que não acaba a frase? Por que Cadichon lambeu sua mão?

– Mamãe, prefiro não dizer. Tenho medo de que você me repreenda – respondeu Pauline, embaraçada.

– Vamos, o que é? Fale! Que besteira você fez agora? – disse a mulher, num acesso de cólera.

– Não é besteira, mamãe, ao contrário.

– Então, do que tem medo? Aposto que deu aveia a Cadichon, pra ele ficar doente!

– Não, eu não dei nada a ele, pelo contrário!

– Como assim, "pelo contrário"?! Escute, Pauline, já estou ficando impaciente. Diga logo o que é que fez e por que me deixou sozinha durante quase uma hora.

Com efeito, arrumar os pelos havia tomado muito tempo. Tinha sido necessário retirar o papel colado atrás do medalhão, tirar o vidro, colocar os pelos e colar tudo de novo.

Pauline ainda hesitou por um momento, depois disse baixinho, titubeando:

– Cortei alguns pelos de Cadichon pra...

– Pra? E aí? Acabe! Pra fazer o quê? – falou a mãe, com impaciência.

– Pra colocar no medalhão – respondeu a menina, baixinho.

Com raiva, a mãe perguntou:

– Em qual medalhão?

– No que você me deu.

– Aquele que dei a você com os meus cabelos?! E o que fez dos meus cabelos?

– Continuam nele, veja – respondeu Pauline, mostrando o medalhão.

– Meus cabelos misturados com os pelos de um burro! – gritou a mãe, furiosa. – Ah! É demais! Você não merece, mocinha, o meu presente. Colocar-me no nível de um burro! Demonstrar por um burro a mesma ternura que tem por mim!

E, arrancando o medalhão das mãos da infeliz e aturdida Pauline, ela o jogou no chão, sapateou em cima e o quebrou em mil pedaços. Depois, sem olhar pra filha, saiu da estrebaria, batendo a porta com violência.

Surpresa, assustada com esse ataque de cólera, Pauline ficou um momento imóvel. Não demorou a explodir em soluços e, abraçando meu pescoço, me disse:

– Cadichon, Cadichon, veja só como me tratam! Não querem que eu o ame, mas eu vou amá-lo, apesar deles e até mais, porque você é bom, nunca me repreende! Você nunca me causa nenhum sofrimento,

Jogou no chão o medalhão e sapateou em cima.

e sempre procura me divertir, nos nossos passeios. Que pena, Cadichon, que tristeza que você não pode nem me compreender nem falar comigo! Quantas coisas eu lhe diria!

Pauline se calou. Jogou-se no chão e continuou a chorar docemente. Eu estava tocado e entristecido com seu sofrimento, mas não podia consolá-la nem mostrar que a compreendia. Eu sentia uma raiva furiosa contra aquela mãe que, por estupidez ou por excesso de afeto pela filha, tornava-a infeliz. Se tivesse podido, eu a teria feito compreender o sofrimento que causava a Pauline, o mal que fazia àquela saúde tão delicada. Mas eu não podia falar, e via, com tristeza, as lágrimas de Pauline. Quase um quarto de hora havia passado desde a partida da mãe, quando uma arrumadeira abriu a porta e chamou Pauline:

– Senhorita, sua mãe está chamando, ela não quer que você fique na estrebaria com Cadichon nem que entre aqui de novo.

– Cadichon, meu Cadichon! – exclamou Pauline. – E então, não querem mais que eu o veja!

– Vai poder, sim, senhorita, mas somente quando vocês forem passear. Sua mãe disse que seu lugar é no salão, e não na estrebaria.

Pauline não replicou. Sabia que sua mãe queria ser obedecida. Ela me abraçou uma última vez, e senti suas lágrimas correrem sobre meu pescoço. Em seguida, saiu e não voltou mais. Depois disso, Pauline foi ficando mais triste, mais doente, tossia muito, e eu a via empalidecer e emagrecer. O mau tempo tornava nossos passeios mais raros e mais curtos. Quando me levavam diante da escadaria do casarão, Pauline montava no meu lombo sem falar nada, mas, quando estávamos fora de vista, ela saltava no chão, me acariciava e me contava seus sofrimentos de todos os dias. Fazia isso pra aliviar seu coração, pensando que eu não podia compreendê-la. Foi assim que fiquei sabendo que sua mãe tinha continuado de mau humor e desgostosa desde a aventura do medalhão, que Pauline se entediava e se entristecia mais do que nunca e que a doença da qual sofria se tornava cada dia mais grave.

8. O INCÊNDIO

Uma noite, quando começava a dormir, fui despertado por gritos:

– Fogo! Fogo!

Inquieto, apavorado, tentei me desembaraçar da correia que me prendia, mas eu puxava, rolava no chão e a maldita correia não cedia. Tive, enfim, a feliz ideia de cortá-la com os dentes, e consegui depois de algumas tentativas. O clarão do incêndio iluminava minha estrebaria. Os gritos e o barulho aumentavam. Eu ouvia as lamentações dos empregados, o estalido dos muros, os pisos que desmoronavam, o ronco das chamas. A fumaça já penetrava na estrebaria, e ninguém se lembrava de mim, ninguém tinha o pensamento caridoso de abrir a porta pra eu escapar. A violência das chamas aumentava, e eu sentia um calor insuportável, que começava a me sufocar. Pensei:

"É o fim. Estou condenado a ser queimado vivo. Que morte horrível! Oh, Pauline! Minha querida dona! Você se esqueceu do seu Cadichon!"

Mal eu tinha pensado essas palavras, a porta se abriu com violência, e escutei a voz aterrorizada de Pauline, que me chamava. Feliz por ser salvo, eu me lancei na direção dela, e já íamos cruzar a porta quando um estalo assustador nos fez recuar. Uma construção em frente à estrebaria tinha desmoronado, e seus fragmentos bloqueavam toda a passagem. Minha dona ia morrer por ter querido me libertar!

A fumaça, a poeira do desmoronamento e o calor nos sufocavam. Pauline caiu perto de mim. Tomei subitamente uma decisão perigosa, mas a única que podia nos salvar: agarrei com os dentes o vestido de minha dona quase desmaiada e me lancei por entre as vigas em chamas que cobriam o chão. Tive a felicidade de atravessar tudo sem que o vestido dela pegasse fogo. Parei pra ver pra que lado devia ir, pois tudo queimava ao nosso redor.

Desesperado, desencorajado, eu ia colocar Pauline, totalmente inerte, no chão, quando avistei um porão aberto e me joguei ali com ela, sabendo que nós dois estaríamos em segurança nos porões abobadados do casarão. Coloquei Pauline perto de uma tina cheia de água, pra que ela pudesse molhar o rosto e as têmporas ao voltar a si, o que não demorou a acontecer.

Quando se viu salva e ao abrigo de todo perigo, ela se colocou de joelhos e fez uma prece tocante pra agradecer a Deus por tê-la salvo de um perigo tão terrível. Em seguida, ela me agradeceu com uma ternura e uma gratidão que me comoveram. Depois, bebeu alguns goles de água da tina e se pôs a escutar. O fogo continuava sua devastação. Tudo queimava, e eu ouvia ainda alguns gritos, mas vagamente, sem reconhecer as vozes.

– Pobre mamãe! Pobre papai! – disse Pauline. – Eles devem estar achando que morri ao desobedecê-los, indo em busca de Cadichon. Agora, é preciso esperar que o fogo seja apagado. Sem dúvida, vamos passar a noite aqui dentro do porão. Bom, Cadichon – acrescentou –, é graças a você que eu estou viva!

Ela não falou mais. Estava sentada em uma caixa virada, e percebi que dormia. Sua cabeça estava apoiada em um tonel vazio. Eu me sentia exausto e tinha sede. Bebi água da tina, me deitei perto da porta e não demorei a adormecer do outro lado.

Acordei bem cedo. Pauline dormia ainda. Levantei-me suavemente e fui até a porta, que entreabri. Estava tudo queimado, e tudo apagado. Podia-se facilmente transpor os escombros e chegar perto do pátio do casarão. Fiz um leve *Hi! Ho* pra despertar minha dona. Com efeito, ela abriu os olhos e, me vendo perto da porta, correu até lá e olhou em torno.

– Tudo queimado! – disse, tristemente. – Tudo perdido! Não verei mais o casarão, estarei morta antes que ele seja reconstruído, eu sinto isso! Estou fraca e doente, muito doente, não importa o que diga minha mãe...

– Venha, Cadichon – continuou, depois de alguns instantes imóvel e pensativa. – Venha, vamos sair agora, é preciso encontrar mamãe e papai pra tranquilizá-los. Eles devem estar pensando que eu morri!

Ela atravessou levemente as pedras tombadas, os muros desmoronados, as vigas ainda soltando fumaça. Eu a seguia, e logo chegamos à grama. Ela montou em mim, e eu me dirigi para a vila. Não demoramos a encontrar a casa onde tinham se refugiado os pais de Pauline. Acreditando ter perdido a filha, eles estavam sofrendo muito.

Quando a viram, soltaram um grito de alegria e se lançaram na sua direção. Pauline contou a eles com que inteligência e coragem eu a tinha salvado.

Em vez de correr até mim, me agradecer, me acariciar, a mãe dela me olhou com indiferença e o pai me ignorou.

– Foi por causa dele que você quase morreu, minha criança – disse a mãe. – Se você não tivesse tido a ideia louca de ir abrir a estrebaria e soltá-lo, nós não teríamos passado uma noite de desolação, seu pai e eu.

– Mas – retrucou Pauline, enfaticamente –, foi ele que me...

– Cale-se, cale-se – a mãe a interrompeu. – Não me fale mais desse animal que eu detesto, que quase causou sua morte!

Pauline suspirou, me lançou um olhar sofrido e se calou.

Depois desse dia, não a vi mais. O pavor que o incêndio tinha lhe causado, a fadiga de uma noite maldormida e, sobretudo, o frio do porão, aumentaram o mal que a fazia sofrer há muito tempo. A febre a atacou durante o dia e não a largou mais. Colocaram-na em um leito de onde ela não iria mais se levantar. A friagem da noite anterior completou o que a tristeza e o tédio haviam começado. Seu peito, já doente, foi todo tomado. Pauline morreu no fim de um mês sem lamentar a vida, sem temer a morte. Falava com frequência de mim, me chamava no seu delírio.

A febre a atacou durante o dia.

Ninguém cuidava de mim. Eu comia o que encontrava, dormia ao ar livre apesar do frio e da chuva. Quando vi sair da casa o caixão que levava o corpo da minha pequena dona, fui tomado pela dor. Abandonei a região e nunca mais voltei.

9. A CORRIDA DE BURROS

Eu vivia miseravelmente, por causa do inverno. Tinha escolhido ficar numa floresta onde mal encontrava o necessário pra não morrer de fome e de sede. Quando o frio congelava os riachos, eu bebia neve. Pra comer, arrancava plantas espinhentas, e dormia embaixo de abetos.

Eu comparava minha triste existência com a que tinha tido com meu dono Georget, e mesmo com o fazendeiro para quem me haviam vendido. Eu tinha sido feliz ali, até que me deixei levar pela preguiça, pela maldade, pela vingança... Mas não tinha nenhuma forma de sair daquele estado miserável, porque queria continuar livre e senhor das minhas ações.

Algumas vezes, eu passava por um vilarejo situado perto da floresta, pra saber o que estava acontecendo no mundo. Um dia – já era primavera, e o tempo bom tinha voltado –, eu me surpreendi ao ver um movimento extraordinário. A vila tinha um ar de festa, as pessoas andavam em bandos, cada um com suas belas roupas de domingo, e – o que me impressionou mais – todos os burros da região estavam reunidos ali. Cada burro tinha um dono que o segurava pela rédea. Estavam todos penteados, escovados, vários tinham flores na cabeça ou em torno do pescoço e nenhum tinha sela. Pensei:

"Que estranho! Não é dia de feira... O que podem estar fazendo aqui esses meus camaradas, todos limpos, embonecados? E como estão gordos! Foram bem alimentados neste inverno."

Foram bem alimentados neste inverno...

Com esses pensamentos, olhei pra mim mesmo e vi meu dorso, meu ventre, minha garupa – magros, mal penteados, os pelos eriçados. Mas eu me sentia forte e vigoroso:

"Prefiro ser feio, mas ágil e bem de saúde. Meus camaradas, tão bonitos, tão gordos, tão bem cuidados, não suportariam as fadigas e as privações que suportei todo o inverno!"

Fui me aproximando, pra saber o que significava aquela reunião de burros, quando um dos rapazes que os seguravam notou minha presença e começou a rir.

– Olha aí! – exclamou. – Olhem só, camaradas, o belo burro que nos chega. Como está bem penteado!

– E bem cuidado, e bem nutrido! – ecoou um outro. – Ele vem pra corrida?

– Ah, se ele insistir, vamos ter que deixá-lo correr – disse um terceiro. – Não há risco de ele ganhar o prêmio.

Uma risada geral acolheu essas palavras. Eu estava contrariado, descontente com as piadas bestas daqueles rapazes, mas pelo menos fiquei sabendo que se tratava de uma corrida. Mas quando e como ela iria acontecer? Era o que eu gostaria de saber, e continuei a escutar e fazer de conta que não compreendia nada do que diziam.

— Vamos partir logo? — perguntou um dos rapazes.

— Eu não sei, estão esperando o prefeito.

— Onde vocês vão correr com seus burros? — perguntou uma senhora que chegava.

— Na grande campina do moinho, Mãe Tranchet — respondeu o rapaz chamado Jeannot.

— Quantos burros há aqui?

— Nós somos dezesseis, sem contar a senhora, Mãe Tranchet — informou ele.

Novas risadas acolheram a piada.

— Olha só, o engraçadinho! E o que vai ganhar o primeiro a chegar? — disse a mulher, rindo.

— Primeiro, a honra; depois, um relógio de prata.

— Bem que eu gostaria de ser um burrico pra ganhar o relógio. Nunca pude comprar um... — comentou Mãe Tranchet.

— É isso aí. Se tivesse trazido um burrico, você teria chance — disse Jeannot.

E todos riram pra valer.

— E onde eu ia arrumar um burrico? Por acaso já tive como pagar por um? Como alimentar um?!

Aquela mulher me agradava. Tinha um ar bom e alegre, e tive a ideia de fazê-la ganhar o relógio. Eu estava acostumado a correr: todos os dias, na floresta, eu dava grandes corridas pra me aquecer. Além disso, antigamente eu tinha a reputação de correr tão rápido e por tanto tempo quanto um cavalo. Pensei com meus botões:

"Vejamos, vamos tentar. Se eu perco, não perderei nada, se ganho, farei com que Mãe Tranchet ganhe o relógio, o que ela gostaria muito."

Parti trotando devagar: ia me colocar ao lado do último burro. Tomei um ar e desandei a zurrar com vigor.

— Epa! Epa! Amigo! — gritou André. — Você vai parar com essa sua música! Sai daí, burrico, você não tem dono, está muito mal penteado, não pode correr!

Eu me calei, mas não saí do lugar. Alguns riam, outros se aborreceram. Já começavam a discutir quando Mãe Tranchet gritou:

– Se ele não tem dono, vai ter uma dona! Eu o estou reconhecendo, é Cadichon, o burro da senhorita Pauline. Eles o rechaçaram quando a menina não estava mais lá pra protegê-lo, e acho que ele viveu durante todo o inverno na floresta, porque ninguém o viu de novo depois. Então eu fico com ele, e ele vai correr por mim.

– Veja, é Cadichon! – gritaram alguns. – Já ouvi falar desse famoso Cadichon!

– Mas, se ele vai correr pela senhora, Mãe Tranchet, é necessário, de qualquer forma, que deposite no saco do prefeito uma moeda de cinquenta centavos.

– Que isso não seja um empecilho, rapazes. Aqui está minha moeda – disse ela, desenrolando um canto do seu lenço. – Mas... é melhor não pedir outras, porque não tenho muitas.

Aqui está minha moeda...

– Bom, se ganhar, não lhe faltarão mais, porque toda a vila colocou moedas no saco. Aí tem mais de cem francos – comentou Jeannot.

Eu me aproximei de Mãe Tranchet e fiz uma pirueta, dei um salto e um coice com ar tão decidido que os jovens começaram a recear que eu ganhasse o prêmio.

– Escuta, Jeannot – disse André bem baixinho. – Você errou em deixar Mãe Tranchet depositar a moeda no saco. Agora ela tem o direito de fazer Cadichon correr, e ele tem o ar alerta e parece disposto a nos tirar o relógio e o dinheiro.

– Ah! Como você é bobo, André! Não vê então o aspecto do coitado do Cadichon?! Ele vai é nos fazer rir! Ele não irá longe, pode crer!

– Não sei não... E se eu lhe oferecesse aveia, pra fazê-lo ir embora?

– E o dinheiro da Mãe Tranchet?

– Se o burro for embora, nós o devolvemos...

– De fato, Cadichon não é mais dela do que meu ou seu. Vai, vai buscar uma porção de aveia e trate de fazê-lo partir antes que Mãe Tranchet se dê conta – concordou Jeannot.

Eu tinha ouvido e compreendido tudo. Assim, quando André voltou com uma porção de aveia em seu avental, em vez de ir até ele, eu me aproximei de Mãe Tranchet, que conversava com uns amigos.

André me seguiu. Jeannot me pegou pelas orelhas e me fez virar a cabeça, acreditando que eu não via a aveia. Não me mexi, apesar da vontade que tinha de saboreá-la. Jeannot começou a me puxar, André, a me empurrar, e comecei a zurrar com minha mais bela voz. Mãe Tranchet se virou e viu a manobra de André e Jeannot.

Eu me aproximei de Mãe Tranchet...

– Não é correto o que vocês estão fazendo aí, rapazes. Vocês me fizeram colocar minha moeda de prata no saco da corrida, então não podem me tirar Cadichon. Vocês estão com medo dele, pelo jeito...

– Medo?! De um burrico sujo como esse aí?! Nada a ver, nós não temos medo dele, não!

– E por que tentam tirá-lo daqui?

– Era pra lhe dar uma porção de aveia. – disse André.

Mãe Tranchet retrucou, com ar zombeteiro:

– Ah, bom! Isso é diferente! E muito gentil! Jogue a aveia pra ele no chão, que ele come o quanto quiser. E eu achando que vocês queriam lhe dar uma porção de astúcia! Vejam só como a gente se engana.

André e Jeannot estavam envergonhados e descontentes, mas não ousavam demonstrar. Seus companheiros riam ao vê-los apanhados com a boca na botija. Mãe Tranchet esfregava as mãos, e eu estava encantado. Comia minha aveia com avidez e sentia que ganhava forças ao comê-la. Estava contente com Mãe Tranchet e, quando terminei de engolir tudo, fiquei impaciente pra partir.

Enfim, começou um grande tumulto. O prefeito vinha dar a ordem de organizar os burros. Arranjaram-nos todos em fila. Eu me coloquei modestamente por último. Quando me viram sozinho, perguntaram quem eu era, a quem pertencia.

– A ninguém – disse André.

– A mim – gritou Mãe Tranchet.

– Era necessário colocar uma moeda no saco, Mãe Tranchet – explicou o prefeito.

– Eu coloquei, senhor prefeito – respondeu ela.

– Bom, inscreva Mãe Tranchet – disse o prefeito.

– Já está inscrita, senhor prefeito – informou o funcionário da prefeitura.

– Está bem – retrucou o prefeito. – Tudo está pronto? Um... dois... três... já!

Cada um dos rapazes que seguravam os burros soltou o seu com um golpe de chicote. Todos partiram. Ainda que ninguém tenha me segurado, esperei honestamente minha vez de começar a correr. Desse modo, todos os outros tinham um pouco de vantagem sobre mim. Mas eles mal tinham dado cem passos quando os alcancei. Pronto: lá estava eu na frente do bando, ultrapassando todos sem muito sofrimento. Os rapazes gritavam, faziam estalar os chicotes pra excitar seus burros.

Eu me virava de vez em quando pra ver suas caras espantadas, pra contemplar meu triunfo e rir dos seus esforços. Meus camaradas, furiosos por serem ultrapassados por mim, um desconhecido com aparência digna de pena, redobraram os esforços pra me alcançar, me ultrapassar e barrar a passagem uns dos outros. Atrás de mim, eu escutava gritos selvagens, coices, mordidas. Por duas vezes, fui alcançado e quase ultrapassado pelo burro de Jeannot.

Eu deveria ter usado os mesmos meios que ele havia empregado pra ultrapassar os outros, mas eu desprezava essas manobras indignas. Percebi, contudo, que não podia ser nem um pouco negligente, pra não ser vencido. Com um impulso vigoroso, ultrapassei meu rival. Na mesma hora, ele me agarrou pelo rabo. A dor quase me fez cair, mas a honra de vencer me deu coragem pra me livrar dos seus dentes, deixando com ele um pedaço da minha cauda. O desejo de vingança me deu asas. Corri com tal velocidade que cheguei não somente em primeiro lugar, mas deixando atrás de mim, bem longe, todos os meus rivais.

Eu estava sem fôlego, esgotado, mas feliz e triunfante. Escutava com alegria os aplausos dos milhares de espectadores que cercavam a campina.

Na mesma hora, ele me agarrou pelo rabo.

Fiz um ar de vencedor e voltei orgulhosamente, a passo, até a tribuna do prefeito, que iria entregar o prêmio. A boa senhora Tranchet chegou perto de mim, me acariciou e me prometeu uma boa medida de aveia.

Ela estendia a mão pra receber o relógio e o saco de dinheiro que o prefeito ia lhe entregar quando André e Jeannot chegaram correndo e gritando:

– Pare, senhor prefeito, pare! Isso não é justo! Ninguém conhece esse burro. Ele não pertence a Mãe Tranchet, ou pertence tanto a ela quanto a mim ou ao senhor. Esse burro não conta, foi o meu que chegou primeiro, junto com o de Jeannot. O relógio e o saco devem ser nossos.

– A Mãe Tranchet não colocou sua moeda no saco da corrida?

– Sim, senhor prefeito, mas...

– Alguém se opôs quando ela fez isso?

– Não, senhor prefeito, mas...

– No momento da partida vocês se opuseram?

– Não, senhor prefeito, mas...

– Então, o burro de Mãe Tranchet realmente ganhou o relógio e o saco de dinheiro.

– Senhor prefeito, reúna o conselho municipal pra julgar a questão. O senhor não tem direito de decidir sozinho.

O prefeito pareceu indeciso. Quando vi que ele hesitava, fiz um movimento brusco, agarrei o relógio e o saco com os dentes e os depositei nas mãos de Mãe Tranchet, que, trêmula, inquieta, esperava a decisão do prefeito.

Essa ação inteligente fez os que riam nos apoiarem e me valeu trovoadas de aplausos.

– Eis que a questão foi resolvida pelo vencedor em favor de Mãe Tranchet – disse rindo o prefeito. – Senhores do conselho municipal, podem ir deliberar em assembleia se estou no meu direito deixando a justiça ser feita por um burro. Amigos – ele acrescentou maliciosamente, olhando pra André e Jeannot –, acho que o mais burro de nós não é o de Mãe Tranchet.

– Bravo! Bravo, Senhor prefeito! – gritaram de todos os lados.

Todo mundo riu, menos André e Jeannot, que se foram me mostrando o punho.

E eu, então, estava contente? Não, meu orgulho se revoltava. Achei que o prefeito tinha sido insolente em relação a mim quando pensou

...agarrei o relógio e o saco com os dentes...

ofender meus inimigos chamando-os de burros. Era um absurdo, desprezível. Eu tinha tido coragem, moderação, paciência, inteligência – e veja qual foi minha recompensa!

Depois de terem me insultado, me abandonaram. A própria Mãe Tranchet, na euforia de ter um relógio e cento e trinta e cinco francos, esquecia seu benfeitor, não pensava mais na promessa de me regalar com uma boa medida de aveia e partia com a multidão, sem me dar a recompensa que eu tanto havia feito por merecer.

10. OS BONS PATRÕES

Assim, fiquei sozinho no campo. Estava triste, meu rabo doía. Eu cogitava se os burros não seriam melhores do que os homens quando senti uma mão suave me acariciar e uma voz doce dizer:

– Pobre burro! Foram ruins pra você! Venha, bichinho, venha pra casa da vovó. Ela vai lhe dar comida e cuidar de você melhor que seus donos ruins. Coitado do burro! Como você está magro!

Eu me virei e vi um lindo menininho de uns cinco anos. A irmã, que parecia ter três anos, vinha correndo com sua babá.

– Jacques, o que foi que você disse a esse burro?

– Eu disse pra ele vir morar com a vovó. Ele é tão sozinho!

– Isso, Jacques, segure-o. Espere, vou montar nele. Babá, babá, no burro.

A babá colocou a menina no meu dorso. Jacques queria me conduzir, mas eu não tinha rédeas.

– Espere, babá, vou amarrar meu lenço no pescoço dele.

O pequeno Jacques tentou, mas eu tinha o pescoço muito grosso pro seu pequeno lenço. A babá lhe emprestou o dela, que era ainda mais curto.

– Como fazer, babá? – disse Jacques quase chorando.

– Vamos até a vila pedir um laço ou uma corda. Vem, Jeanne, desce de cima do burro.

– Não, não quero descer. Vou ficar no burro, eu quero que ele me leve até em casa – disse Jeanne, agarrando-se ao meu pescoço.

– Mas nós não temos laço para fazê-lo andar. Você está vendo que ele não se mexe mais do que um burro de pedra – falou a babá.

– Espere, babá, você vai ver. Ele se chama Cadichon, a Mãe Tranchet me disse. Vou acariciá-lo, abraçá-lo, e acredito que ele me seguirá – disse Jacques.

Jacques se aproximou da minha orelha e disse bem baixinho, me acariciando:

– Ande, Cadichon. Eu lhe peço, ande.

A confiança do menininho me tocou. Notei com prazer que, em vez de procurar um porrete pra me fazer andar, ele só pensou em formas doces e amigas. Assim, mal ele havia terminado sua frase e sua pequena carícia, eu me pus a caminhar.

– Você está vendo, babá? Ele me compreende, ele gosta de mim! – Jacques exclamou, vermelho de alegria, os olhos brilhando de felicidade, e foi correndo na frente pra me mostrar o caminho.

– Mas um burro pode compreender alguma coisa? Ele só está andando porque está cansado daqui...

– Mas veja, babá, ele está me seguindo!

– Porque sente o cheiro do pão que está no seu bolso.

– Você acha que ele tem fome, babá? – perguntou Jacques.

– Provavelmente, veja como está magro.

– É mesmo! Pobre Cadichon! E eu que nem pensei em dar meu pão pra ele!

E logo, tirando do bolso o pedaço que a babá tinha colocado ali para a merenda, Jacques me ofereceu seu pão.

Eu tinha ficado ofendido com o mau pensamento da babá, e resolvi lhe provar que tinha me julgado mal, que não era por interesse que eu seguia Jacques. E que carregava Jeanne por complacência, por bondade.

Assim, recusei o pão que o pequeno Jacques me ofereceu e me contentei em lamber a mão dele.

– Babá, babá, ele está beijando minha mão! – exclamou Jacques. – Ele não quer o pão! Caro Cadichon, como eu o amo! Você está vendo, babá, ele me segue porque gosta de mim, não é por causa do pão.

– Melhor pra você se acredita que tem um burro diferente, um burro modelo! Eu, não. Sei que todos os burros são teimosos e malvados, não gosto deles.

– Oh! Babá, o Cadichon não é malvado! Veja como é bonzinho comigo.

– Bem, vamos ver se isso vai durar.

– Não é verdade, Cadichon, que você será sempre bonzinho comigo e com Jeanne? – disse Jacques, me acariciando.

Eu me virei e o olhei com um ar tão doce que o menino notou, apesar de sua pouca idade. Depois me virei para a babá e lhe lancei um olhar furioso, que ela também notou muito bem, porque disse, em seguida:

– Que olhar ruim! Ele tem um jeito malvado, me olha como se quisesse me devorar!

– Oh, babá, como pode dizer isso?! Ele me olha com um ar doce, como se quisesse me abraçar!

Os dois tinham razão, e eu não estava errado. Prometi a mim mesmo ser excelente pra Jacques, Jeanne e pras pessoas da casa que me tratassem bem, e decidi ser ruim para aqueles que me maltratassem ou me insultassem, como fez a babá. Essa necessidade de vingança foi, mais tarde, a causa de minhas desgraças.

Sempre conversando, fomos andando e logo chegamos ao casarão da avó de Jacques e Jeanne. Deixaram-me na porta, onde me comportei como um burro bem educado, sem me mexer, nem mesmo pra experimentar a grama que rodeava o caminho coberto de areia.

Dois minutos depois, Jacques reapareceu, arrastando a avó atrás de si.

– Venha ver, vovó, venha ver como ele é doce, como ele gosta de mim! Não acredite na babá, eu lhe imploro – disse Jacques juntando as mãos.

– Não, vovó, não acredite, eu lhe imploro – repetiu Jeanne.

– Vamos ver – disse a avó, sorrindo –, vamos ver esse famoso burro!

E, aproximando-se de mim, ela me tocou, me acariciou, pegou minhas orelhas, colocou a mão na minha boca, sem que eu desse mostras de querer mordê-la ou de me afastar.

– Mas ele tem de fato um ar muito doce! Você disse, Emília, que ele tinha o ar malvado?!

– Vovó, não é verdade que ele é manso? Podemos ficar com ele?

– Querido, eu o acho manso, sim, mas como podemos ficar com ele se não é nosso? É preciso devolvê-lo ao dono.

– Ele não tem dono, vovó – disse Jacques.

– É claro que ele não tem dono, vovó – repetiu Jeanne, como fazia com tudo o que dizia seu irmão.

– Como, não tem dono?! Não é possível!

– É sim, vovó, é verdade mesmo, Mãe Tranchet me disse.

– Nesse caso, como ele ganhou o prêmio pra ela? Se ela o inscreveu pra correr, então deve tê-lo emprestado de alguém.

– Não, vovó, ele veio sozinho. Foi ele que quis correr com os outros. Mãe Tranchet pagou pra ficar com o prêmio que ele iria ganhar, mas o burro não tem dono. É Cadichon, o burro da senhorita Pauline, que morreu. Os pais dela o expulsaram, e ele passou todo o inverno na floresta.

– Cadichon! O famoso Cadichon que salvou do incêndio sua pequena dona? Ah! Fico feliz em conhecê-lo, é mesmo um burro extraordinário, admirável!

E, andando em volta de mim, a velha senhora me observou por longo tempo. Eu estava orgulhoso de ver a boa reputação que tinha conquistado, e levantava a cabeça, abria as narinas, sacudia a crina.

– Como ele está magro, este bicho! Não foi recompensado por sua dedicação – disse ela com um ar sério e um tom de reprovação. – Vamos ficar com ele, sim, meu filho, vamos ficar com ele, pois foi abandonado, rechaçado por aqueles que deveriam tê-lo amado e cuidado dele. Chame Bouland. Ele o colocará na estrebaria, com uma boa cama de palha.

Jacques, encantado, correu pra buscar Bouland, que veio imediatamente.

– Bouland, as crianças trouxeram este burro. Coloque-o na estrebaria e dê a ele o que comer e beber.

– Tenho de devolvê-lo ao dono, depois? – perguntou Bouland.

– Não, ele não tem dono. Parece que é o famoso Cadichon, que foi expulso depois da morte de sua pequena dona. Ele foi até a vila, e meus netos o encontraram abandonado no campo. Eles o trouxeram, e nós vamos ficar com ele.

– Madame faz bem em ficar com ele. Não há nenhum que se iguale em toda a região. Contaram sobre ele coisas realmente impressionantes. Dizem que compreende tudo o que é dito. Madame vai ver... Venha, Cadichon, venha comer uma porção de aveia.

Eu me virei e segui Bouland, que se afastava.

– É incrível! – disse a avó –, ele compreendeu mesmo!

Ela voltou para a casa. Jacques e Jeanne quiseram me acompanhar até a estrebaria. Fui colocado em uma baia. Tinha como companheiros dois cavalos e um burro. Bouland, ajudado por Jacques, me fez uma bela cama e foi buscar uma porção de aveia.

– Mais um pouco, mais um pouco, Bouland – por favor –, disse Jacques. Ele precisa muito, correu demais!

– Mas, senhor Jacques, se lhe der aveia demais, você o deixará muito esperto. Não conseguirá montá-lo, nem a senhorita Jeanne.

– Não, ele é muito manso! Vamos poder montá-lo de qualquer jeito.

Acabaram me dando uma enorme porção de aveia e colocaram perto de mim um balde cheio d'água. Eu tinha sede, e comecei bebendo a metade do balde. Depois saboreei minha aveia, contente por ter sido trazido por Jacques.

Refleti mais um pouco sobre a ingratidão de Mãe Tranchet. Depois, comi meu feixe de feno, me deitei sobre a palha e, instalado como um rei, adormeci.

11. CADICHON DOENTE

No dia seguinte, meu único trabalho foi passear com as crianças durante uma hora. O próprio Jacques vinha me dar minha aveia e, apesar das observações de Bouland, pôs uma quantidade capaz de alimentar três burros do meu tamanho. Eu comi tudo, estava contente. Mas, no terceiro dia, me senti mal. Tinha febre, a cabeça e o estômago me doíam. Não consegui comer nem aveia nem feno, e permaneci estendido sobre minha palha.

– Ué, Cadichon ainda está deitado! Vamos, Cadichon, está na hora de levantar. Vou lhe dar sua aveia – disse Jacques quando veio me ver.

Tentei me levantar, mas minha cabeça tombou pesadamente sobre a palha.

– Ah! Meu Deus! Cadichon está doente! – exclamou Jacques. – Bouland, Bouland, venha rápido! Cadichon está doente!

– Ué, o que será que ele tem? – perguntou Bouland. – Eu já trouxe sua refeição da manhã...

Ele se aproximou da manjedoura, olhou e disse:

– Ele nem tocou a aveia... É porque está doente... As orelhas estão quentes – acrescentou, pegando minhas orelhas. – Seu flanco está tremendo.

– O que isso quer dizer, Bouland? – perguntou Jacques, alarmado.

– Isso quer dizer, senhor Jacques, que Cadichon está com febre, que você o alimentou em excesso e que é necessário chamar o veterinário.

– O que é um *veterinário*? – quis saber Jacques, cada vez mais apavorado.

– É um médico de cavalos. Ouça, senhor Jacques, vou lhe dizer com todas as letras: este burro esteve na miséria, sofreu o inverno inteiro, dá pra ver por causa do pelo e da magreza. Depois ele se aqueceu em excesso, por ter corrido demais na corrida dos burros. Era preciso lhe dar pouca aveia e grama para refrescá-lo, e você lhe deu o tanto de aveia que ele queria.

– Meu Deus! Meu Deus! Pobre Cadichon! Ele vai morrer! E é minha culpa! – soluçou o menino.

– Não, senhor Jacques, ele não vai morrer por isso, mas será necessário lhe dar apenas grama e fazer uma sangria nele.

– Isso vai doer! – falou Jacques ainda chorando.

– Não vai, não, você vai ver. Vou fazer a sangria agora mesmo, enquanto o veterinário não chega.

– Eu não quero ver, eu não quero ver! – gritou Jacques, se afastando. – Tenho certeza de que vai doer!

E partiu correndo. Bouland pegou uma lanceta, colocou-a sobre uma veia do meu pescoço, bateu nela com um pequeno golpe de martelo, e o sangue jorrou. À medida que ele fluía, eu me sentia aliviado. Minha cabeça não estava mais tão pesada, eu não respirava mais com dificuldade e logo tive condições de me levantar. Bouland estancou o sangue, me deu um sedativo e, uma hora depois, me soltou num pasto. Eu estava melhor, mas não estava curado.

Demorou quase oito dias até eu me recuperar. Durante esse tempo, Jacques e Jeanne cuidaram de mim com uma bondade que jamais esquecerei. Vinham me ver várias vezes por dia, colhiam grama pra mim, a fim de evitar o esforço de me abaixar pra arrancá-la. Trouxeram folhas de verduras da horta, couve, cenouras, e eles próprios me faziam entrar todas as noites na estrebaria, onde minha manjedoura já estava repleta das coisas que eu mais gostava de comer, cascas de batata com sal.

Um dia, o bondoso Jacques quis me dar seu travesseiro, porque, dizia, eu ficava com a cabeça muito baixa quando me deitava. Outra vez, Jeanne quis me cobrir com a colcha de sua cama, pra me manter quente durante a noite. Outro dia, os dois colocaram pedaços de lã em torno das minhas patas, por medo de que eu passasse frio.

Eu estava desolado por não poder demonstrar meu reconhecimento, mas tinha a infelicidade de compreender tudo e de não poder dizer nada... Por fim, eu me restabeleci e fiquei sabendo que estavam programando um passeio de burros na floresta com os primos e primas.

12. OS LADRÕES

Todas as crianças já estavam no pátio. Lá estavam também burros de todas as aldeias vizinhas. Reconheci quase todos os que tinham participado da corrida. O de Jeannot me olhava com ar cruel, enquanto eu lhe lançava olhares de deboche. A avó de Jacques tinha, em sua casa, quase todos os netos: Camille, Madeleine, Elisabeth, Henriette, Jeanne, Pierre, Henri, Louis e Jacques. As mães dessas crianças iriam com elas, montadas em burros, enquanto os pais seguiriam a pé, armados de varas, pra fazer andar os preguiçosos.

Antes de partir, discutiu-se um pouco, como sempre acontece, sobre quem ficaria com o melhor burro. Todo mundo queria ficar comigo, ninguém queria me ceder, de modo que resolveram tirar a sorte. Na disputa, saí com Louis, primo de Jacques. Era um excelente menino, e eu teria ficado muito contente com minha sorte se não tivesse visto Jacques enxugar, escondido, seus olhos cheios de lágrimas. Cada vez que ele me olhava, as lágrimas transbordavam. Ele me dava pena, mas eu não podia consolá-lo. Era necessário, aliás, que ele, como eu, aprendesse a resignação e a paciência.

Jacques acabou aceitando e, decidido, montou no seu burro, dizendo ao primo Louis:

– Vou ficar perto de você, Louis. Não faça Cadichon galopar muito, pra eu não ficar muito atrás.

– E por que você ficaria atrás? Por que não poderia galopar como eu?

– Porque Cadichon galopa mais rápido que todos os burros da região.

– Como você sabe disso?

– Eu o vi correr pra ganhar o prêmio no dia da festa da cidade. Cadichon ultrapassou todos.

Louis prometeu que não iria muito rápido, e os dois partiram trotando devagar. Meu camarada era boa gente, de modo que não me incomodei muito por não o ultrapassar. Os outros nos seguiam como podiam. Chegamos assim a uma floresta onde as crianças iam ver as belas ruínas de um velho convento e de uma antiga capela.

As ruínas tinham má reputação na região. Ninguém gostava de ir até lá, a não ser em grupos grandes. De noite, diziam, barulhos estranhos pareciam sair dos escombros: gemidos, gritos, tinidos de correntes... Muitos viajantes que tinham zombado dessas histórias e ido visitar sozinhos essas ruínas não voltaram, e nunca mais se ouviu falar neles.

Quando todo mundo desceu dos burros, nos deixaram pastar, com a rédea no pescoço. Os pais e as mães pegaram os filhos pelas mãos, proibindo-os de se afastar ou ficar para trás. Preocupado, eu os via se distanciarem e se perderem nas ruínas. Eu me afastei dos meus camaradas e me protegi do sol sob um arco parcialmente em ruínas que se encontrava numa elevação encostada nas árvores, um pouco mais longe que o convento. Já fazia um quarto de hora que eu estava ali quando escutei um barulho perto do arco. Eu me encolhi atrás de uma parede grossa do muro arruinado, de onde podia ver sem ser visto. O barulho, quase inaudível, aumentava. Parecia vir de debaixo da terra.

Não demorei a ver surgir a cabeça de um homem que saía, cauteloso, do meio dos arbustos.

– Nada... – disse ele bem baixinho, depois de olhar em torno. – Ninguém... Podem vir, companheiros. Cada um pegue um desses burros e o leve rapidamente.

E se ajeitou pra dar passagem a uma dúzia de homens, aos quais ainda disse, a meia-voz:

– Se os burros escaparem, não se metam a correr atrás deles. Rápido, e nada de barulho. Vão!

Os homens deslizaram pela mata, bem densa nessa parte do bosque. Caminhavam com precaução, mas depressa. Os burros, que procuravam a sombra, arrancavam a grama perto da borda da mata. A um sinal, cada um dos ladrões pegou um dos burros pela rédea e o puxou para a mata densa. Em vez de resistirem, se debaterem, de zurrarem, pra dar o alarme, os burros se deixaram levar como imbecis: um carneiro não teria sido mais estúpido. Cinco minutos depois, os ladrões chegavam à mata densa que se encontrava ao pé do arco. Fizeram meus camaradas entrar um a um pelos arbustos adentro, e eles desapareceram.

Escutei o barulho dos seus passos terra adentro, depois tudo ficou em silêncio. E pensei:

"Eis aí a explicação pros barulhos que apavoram o povo da região. Um bando de ladrões está se escondendo nos porões do convento. É preciso pegá-los, mas como? Isso é bem difícil..."

Permaneci escondido sob a minha abóbada, de onde tinha uma visão panorâmica das ruínas e de toda a região em volta, e só saí de lá quando escutei as vozes das crianças, que procuravam seus burros. Corri pra impedi-las de se aproximarem do arco e dos espinhos, que escondiam tão bem a entrada para os subterrâneos que era impossível percebê-la.

– Olha Cadichon ali! – gritou Louis.

– Mas onde estão os outros?

– Devem estar aqui perto – disse o pai de Louis. – Vamos procurá-los.

– É melhor a gente procurar do lado do barranco, atrás do arco que estou vendo lá na frente – disse o pai de Jacques. – A grama lá é bonita, eles devem ter ido saboreá-la.

Tremi, pensando no perigo que eles correriam, e me precipitei pro lado do arco pra impedi-los de passar. Tentaram me afastar, mas resisti com tanta insistência, barrando a passagem de qualquer lado que eles quisessem ir, que o pai de Louis chamou seu cunhado e lhe disse:

– Escuta, meu caro: a insistência de Cadichon tem alguma coisa de extraordinária. Você sabe o que nos contaram sobre a inteligência desse animal. Vamos escutá-lo, acredite em mim, e vamos voltar. Até porque não é provável que todos os burros tenham estado do outro lado das ruínas.

– Você tem razão, meu caro – respondeu o pai de Jacques –, porque a grama está amassada perto do arco, como se tivesse sido recentemente pisada. Acredito que nossos burros foram roubados.

Os pais voltaram pra junto das mulheres, que tinham impedido as crianças de se afastarem. Eu os segui, com o coração leve e contente por ter talvez evitado uma desgraça. Eles conversavam baixo, e vi que se organizavam em grupo. Então me chamaram.

– Como vamos fazer? – perguntou a mãe de Louis. – Um burro sozinho não pode carregar todas as crianças.

– Vamos pôr os menores sobre Cadichon. Os grandes seguirão conosco – sugeriu a mãe de Jacques.

– Venha, Cadichon, vamos ver quantos você aguenta carregar – falou a mãe de Henriette.

Colocaram Jeanne, a menor, primeiro, depois Henriette, depois Jacques, depois Louis. Nenhum deles era pesado, e demonstrei, começando a trotar, que eu conseguiria carregar bem os quatro, sem fadiga.

– Olhe lá, Cadichon – exclamaram os pais, docemente –, cuidado com nossos meninos!

Entrei no ritmo e caminhei, cercado de perto pelas crianças maiores e pelas mães. Os pais seguiam atrás, pra reunir os retardatários.

– Mamãe, por que papai não foi procurar nossos burros? – perguntou Henri, o mais jovem do grupo, achando o caminho longo.

– Porque seu pai acha que eles foram roubados e que era inútil procurá-los.

– Roubados! Mas por quem? Eu não vi ninguém – retrucou Henri.

– Eu também não, mas perto do arco havia vestígios de passos.

– Mas então, mamãe, é preciso procurar os ladrões! – exclamou Pierre.

– Isso seria imprudente. Para levar treze burros, provavelmente foram vários homens. Eles com certeza tinham armas e poderiam matar ou ferir os pais de vocês.

– Que tipo de armas, mamãe? – quis saber Pierre.

– Porretes, facas, talvez pistolas.

– Oh! Mas isso é muito perigoso! Acho que papai fez bem em voltar com meus tios – disse Camille.

– E vamos nos apressar pra chegarmos logo em casa. Os tios e pais de vocês devem ir até a cidade em seguida.

– Pra que, mamãe? – perguntou Pierre.

– Pra avisar a polícia.

– Eu estou bem chateada por termos ido a essas ruínas... – lamentou Camille.

– Por quê? Foi muito bonito – comentou Madeleine.

– É, mas muito perigoso. E se, no lugar de pegar os burros, os ladrões tivessem prendido nós todos? – respondeu Camille.

– Impossível! Somos muitos! – retrucou Elisabeth.

– Mas e se os ladrões também fossem muitos?

– Nós teríamos lutado – falou Elisabeth.

– Com o quê? Nós não tínhamos nem um porrete.

– E nossos pés, nossos punhos, nossos dentes? Eu primeiro teria arranhado e mordido os ladrões, e teria cravado minhas unhas nos olhos deles.

– E o ladrão teria matado você: é o que teria acontecido! – falou Pierre.

– Matado? E papai? E mamãe? Você acha que eles iriam deixar que me levassem ou me matassem?

– Os ladrões iriam matá-los também – Madeleine afirmou.

– Você acha, então, que havia um exército de ladrões?

– Pelo menos, uma dúzia! – declarou Madeleine.

– Uma dúzia? Que bobagem! Você acha que ladrões andam em dúzias, como as ostras?! – ironizou Elisabeth.

– Você sempre zomba! Não se pode falar nada com você. Pois eu aposto que, pra raptar treze burros, eram necessários pelo menos doze ladrões – contabilizou Madeleine.

– Ah, sei! E o décimo terceiro em cima de todos, como nas tortas, né? – zombou Elisabeth.

As mães e as outras crianças riam dessa conversa, mas como ela ia degenerando em briga, a

mãe de Elisabeth a fez calar-se, dizendo que Madeleine, muito provavelmente, tinha razão quanto ao número de ladrões.

Estávamos perto de casa, e não demorou pra chegarmos. Quando viram que todo mundo voltava a pé e eu, Cadichon, carregava quatro crianças, a surpresa foi grande. Mas, quando os pais contaram sobre o desaparecimento dos burros e sobre minha obstinação em não os deixar se aproximar do arco pra procurar os animais, as pessoas da casa abanaram a cabeça e fizeram um punhado de suposições, cada uma mais bizarra que a outra. Uns diziam que os burros haviam sido raptados e engolidos por demônios; outros afirmavam que os religiosos enterrados na capela tinham se apoderado dos burros pra percorrer a Terra; outros, ainda, garantiam que os anjos que cuidavam do convento reduziam a cinza e poeira todos os animais que se aproximavam demasiado do cemitério onde erravam as almas das religiosas. Ninguém pensou em ladrões escondidos nos subterrâneos.

Assim que chegaram, os três pais foram contar à avó o provável roubo de seus burros. Em seguida, atrelaram os cavalos à charrete pra ir fazer a denúncia na delegacia da cidade vizinha. Voltaram duas horas depois com o oficial da delegacia e seis policiais. Eu tinha tamanha reputação de inteligência que eles tinham considerado o caso grave quando souberam da minha resistência diante do arco. Estavam todos armados de pistolas e carabinas, prontos a entrar em ação. Mas aceitaram o jantar que a avó lhes ofereceu e se sentaram à mesa com as damas e os cavalheiros.

13. OS SUBTERRÂNEOS

O jantar não foi longo, pois os policiais estavam com pressa de fazer sua inspeção antes de anoitecer. Pediram à avó a permissão pra me levar com eles.

– Ele nos será muito útil na nossa expedição, senhora – disse o oficial. – Cadichon não é um burro comum, já fez coisas mais difíceis do que as que vai enfrentar agora.

– Podem levá-lo, senhores, se acham necessário – respondeu. Mas não o fatiguem muito, peço. O bicho já fez todo esse caminho esta manhã e voltou com quatro dos meus netos no lombo...

– Quanto a isso, senhora, pode ficar sossegada. Esteja certa de que nós o trataremos o mais delicadamente possível.

Tinham me dado o jantar: uma porção de aveia, uma braçada de verduras, cenouras e outros legumes. Portanto, eu já tinha bebido e comido, e estava pronto pra partir. Quando vieram me pegar, me posicionei logo à frente da tropa, e nos pusemos a caminho, o burro servindo de guia aos guardas. Eles não se sentiram humilhados com isso, pois eram gente boa.

Costuma-se acreditar que os policiais são severos, maldosos, mas é tudo ao contrário. Não há gente melhor, mais caridosa, mais paciente, mais generosa do que os policiais. Ao longo de todo o caminho, tiveram comigo todos os cuidados possíveis: diminuíam o passo de seus cavalos quando achavam que eu estava cansado, me ofereciam água em cada riacho que atravessávamos.

O sol começava a baixar quando chegamos ao convento. O oficial deu ordem de seguirem todos os meus movimentos e de andarem juntos. Mas, como os cavalos podiam atrapalhar, eles tinham sido deixados em uma vila vizinha da floresta. Sem hesitar, eu os conduzi até a entrada do arco, perto dos arbustos de onde tinha visto saírem os doze ladrões.

Notei, com inquietação, que os policiais estavam perto da entrada. Para afastá-los, dei alguns passos pra trás do muro, e eles me seguiram. Quando estavam todos ali, voltei aos arbustos, impedindo-os de avançar quando quiseram me seguir. Eles compreenderam e permaneceram escondidos atrás do muro.

Então, me aproximei da entrada dos subterrâneos e me pus a zurrar com todas as forças dos meus pulmões. Não demorei a conseguir o que queria. Meus camaradas trancados nas criptas me responderam, cada um mais alto do que o outro. Dei um passo na direção dos guardas, que adivinharam minha manobra, e voltei a me colocar perto da entrada dos subterrâneos.

Recomecei a zurrar. Desta vez, ninguém respondeu. Deduzi que os ladrões, pra impedir meus camaradas de denunciá-los, haviam amarrado pedras nos rabos deles. E todo mundo sabe que, pra zurrar, nós, burros,

Recomecei a zurrar...

Vi um homem olhar com precaução...

erguemos nossos rabos. Não podendo levantá-los por causa do peso da pedra, meus camaradas se calaram.

Eu estava ainda a dois passos da entrada quando vi uma cabeça de homem sair dos arbustos e olhar com precaução. Não vendo senão a mim, ele disse:

– Aí está o patife que não pegamos esta manhã! Você vai se juntar aos seus camaradas, seu esganiçado.

Mas, quando ele ia me alcançar, me distanciei dois passos. Ele me seguiu, eu me afastei de novo, até que o tivesse atraído pro canto do muro atrás do qual se encontravam meus amigos policiais.

Antes que o ladrão tivesse tido tempo de soltar um grito, os guardas se jogaram sobre ele, o amordaçaram, amarraram e o deitaram no chão.

Voltei pra entrada e recomecei a zurrar, certo de que outro viria ver o que estava acontecendo ao seu companheiro. De fato, logo ouvi os arbustos se mexerem e vi aparecer outra cabeça, que olhava com a mesma precaução. Não podendo me alcançar, o segundo ladrão fez como o primeiro. Eu, executando a mesma manobra, permiti que os policiais o prendessem sem que ele tivesse tempo de perceber.

Vi aparecer outra cabeça...

Repeti tudo até que seis ladrões tivessem sido presos. Depois do sexto, eu zurrei, mas ninguém apareceu. Pensei então que, não vendo voltar nenhum dos homens que tinham saído, os ladrões suspeitaram de alguma armadilha e não ousaram se arriscar.

Durante esse tempo, tinha anoitecido completamente, e não se enxergava mais quase nada. O oficial de polícia enviou um de seus homens pra buscar reforço pra atacarem os ladrões nos subterrâneos. Os policiais que ficaram foram divididos em dois grupos, pra vigiar as saídas do convento. Quanto a mim, me deixaram à vontade, depois de terem me acariciado bastante e terem feito os maiores elogios à minha conduta.

Os seis ladrões já presos.

– Se ele não fosse um burro – disse um policial –, mereceria a cruz.

– Mas ele já não tem uma cruz no dorso? – falou outro.

– Cale a boca, engraçadinho – disse um terceiro. – Você sabe muito bem que essa cruz aí é uma marca dos burros, pra lembrar que um deles teve a honra de ser montado por Nosso Senhor Jesus Cristo.

– Por isso é uma cruz de honra – retrucou o outro.

– Silêncio! – ordenou o oficial. E em voz baixa: – Cadichon levantou as orelhas.

Eu tinha ouvido, com efeito, um barulho extraordinário do lado do arco. Não era um barulho de passos, parecia mais um estalido, junto com gritos abafados. Os policiais também ouviram, mas sem identificar o que era. Logo uma fumaça espessa escapava de várias entradas de ar e das janelas baixas do convento. Em seguida, surgiram as chamas e em poucos instantes tudo pegava fogo.

– Eles colocaram fogo nos porões pra escapar pelas portas – disse o oficial.

– Temos de correr pra apagá-lo, tenente – respondeu um policial.

– Atenção! Vamos vigiar melhor todas as saídas e, se os ladrões aparecerem, fogo neles com as carabinas, as pistolas vêm depois.

O oficial tinha calculado bem a manobra dos ladrões. Eles perceberam que foram descobertos, que seus comparsas haviam sido presos, e esperavam, com a ajuda do incêndio e dos esforços dos policiais para apagá-lo, escapar e salvar seus amigos. Logo vimos os seis ladrões e seu chefe saírem precipitadamente da entrada disfarçada pelos arbustos.

Apenas três policiais se encontravam nesse posto. Cada um deu um tiro de carabina antes que os ladrões tivessem tempo de usar suas armas. Dois ladrões tombaram, um terceiro deixou cair sua pistola: ele tinha quebrado o braço. Mas os três últimos e seu chefe se lançaram furiosamente sobre os policiais, que, com o sabre em uma mão e a pistola na outra, lutaram como leões.

Antes que o oficial e os dois outros policiais que vigiavam o lado oposto do convento tivessem tempo de acudir, o combate estava quase acabado. Todos os ladrões estavam mortos ou feridos. O chefe se defendia ainda de um policial. Era o único bandido que tinha ficado em pé: os dois outros estavam gravemente feridos. A chegada do reforço pôs fim ao combate. E num piscar de olhos o chefe foi cercado, desarmado, amarrado e deitado perto dos seis ladrões prisioneiros.

Os três últimos e o chefe se lançaram furiosamente sobre os policiais.

Durante o combate, o fogo tinha se apagado. Tudo o que se queimou foram os arbustos e a mata miúda. Mas, antes de penetrar nos subterrâneos, o oficial quis esperar a chegada do reforço que havia pedido. A noite já ia longe quando vimos chegarem seis novos policiais e a charrete que devia levar os prisioneiros. Estes foram colocados lado a lado dentro do veículo.

O oficial era humano: dera ordem de lhes tirarem as mordaças, de modo que eles diziam todo tipo de injúrias aos policiais, que não ligavam. Dois deles subiram na charrete pra escoltar os prisioneiros. Foram feitas macas pra transportar os feridos.

Durante esses preparativos, eu acompanhei o oficial na descida aos subterrâneos, escoltado por oito homens. Atravessamos um longo corredor, descendo sempre, depois chegamos ao lugar onde os bandidos tinham estabelecido sua residência. Uma dessas abóbadas lhes servia de estrebaria. Encontramos ali todos os meus camaradas capturados na véspera, todos com uma pedra amarrada no rabo. Foram libertados imediatamente e começaram a zurrar em uníssono. Ali, no subterrâneo, era um barulho ensurdecedor.

– Silêncio, burros! – ordenou um policial –, senão vamos amarrar as pedras de novo...

– Deixe que zurrem – disse outro policial. – Não vê que estão elogiando Cadichon?

– Eu preferia que cantassem em outro tom – retrucou, rindo, o primeiro guarda.

Eu disse a mim mesmo:

"Esse homem, certamente, não gosta de música. O que ele tem contra as vozes dos meus camaradas? Pobres colegas! Eles cantam sua libertação."

Continuamos a caminhar. Um dos subterrâneos estava cheio de produtos de roubos. Em outro, os ladrões tinham trancado prisioneiros, pessoas que obrigavam a servi-los. Uns cozinhavam, serviam a mesa, limpavam os subterrâneos, outros faziam as vestimentas e os sapatos. Alguns desses infelizes estavam ali havia dois anos. Eram acorrentados dois a dois e traziam pequenos sinos presos aos braços e aos pés, pra que se soubesse pra que lado iam. Dois ladrões estavam o tempo todo por perto, pra vigiá-los. E não ficavam mais de dois prisioneiros no mesmo subterrâneo. Aqueles que trabalhavam com roupas ficavam todos juntos, mas a extremidade de sua corrente era atada, durante o trabalho, a uma argola fixada no muro.

Eu soube mais tarde que aqueles infelizes eram os viajantes e os visitantes das ruínas desaparecidos havia dois anos. Eram quatorze, e contaram que os ladrões tinham matado três diante deles. Dois, porque estavam doentes e um que se recusava terminantemente a trabalhar.

Os guardas libertaram os coitados, levaram os burros de volta pro casarão, carregaram os feridos pro hospital e levaram os ladrões pra prisão. Eles foram julgados e condenados, o chefe, à morte e os outros, a serem enviados a Cayenne.[1] Quanto a mim, todo mundo me admirava. Cada vez que eu saía, ouvia, aqui e ali:

– Este é Cadichon, o famoso Cadichon, que vale, sozinho, mais do que todos os burros da região!

---

[1] Capital das Guianas Francesas, território francês na América do Sul que faz fronteira com o Amapá e onde foram construídos vários presídios, como o da Ilha do Diabo, descrito no romance *Papillon*, de Henri Charrière. Era um lugar terrível para alguém ficar preso, em razão do isolamento. (N.T.)

14. THÉRÈSE

Minhas pequenas donas (pois eu tinha tantos donos quanto a avó tinha netos) tinham uma prima que adoravam, que era a melhor amiga delas, e quase da sua idade. Essa amiga se chamava Thérèse, era boa, muito boazinha, a menina. Quando ela me montava, nunca pegava o chicote, nem deixava que ninguém me batesse. Em um dos passeios que minhas jovens donas fizeram com ela, viram uma menina bem pequena sentada à beira da estrada. A criança se levantou com muita dificuldade quando elas se aproximaram e veio, mancando, pedir esmola. Seu ar triste e tímido chocou Thérèse e as amigas.

— Por que está mancando, garotinha?

— Porque meus tamancos me machucam, dona.

— Por que não pede outros pra sua mãe?

— Eu não tenho mãe, dona.

— E pro seu pai, então?

— Eu não tenho pai, dona.

— Mas com quem você mora? — insistiu Thérèse.

— Com ninguém, eu vivo sozinha.

– Mas quem é que lhe dá o que comer?
– Algumas vezes ninguém, algumas vezes todo mundo.
– Quantos anos você tem?
– Eu não sei, dona, acho que uns sete anos.
– Onde você dorme?
– Na casa de quem quiser me receber. Quando todo mundo me rejeita, eu durmo fora, debaixo de uma árvore, perto de uma cerca, em qualquer lugar.
– Mas, no inverno, você deve congelar!
– Eu fico com frio, mas estou acostumada.
– Você já comeu hoje?

Uma menina veio lhes pedir esmolas.

– Eu não como desde ontem.

– Mas isso é horrível, isso é... – disse Thérèse, com lágrimas nos olhos. – Minhas queridas, será que sua avó deixa a gente alimentar essa coitadinha e arrumar um lugar pra ela dormir no casarão?

– Claro – responderam as três primas. Vovó vai ficar muito feliz em ajudar. Além disso, ela faz tudo o que nós pedimos.

– Mas como vamos levá-la até a casa, Thérèse? Olha só como ela manca – disse Madeleine.

– Vamos montá-la no Cadichon, e nós seguiremos a pé, em vez de montar nele de duas em duas, alternando.

– É isso, boa ideia! – exclamaram as três primas.

E colocaram a garota sobre meu dorso.

Camille tinha no bolso um pedaço de pão que sobrara da sua merenda e deu pra menina. A garota comeu com avidez. Parecia encantada por estar montada em mim, mas não dizia nada. Estava exausta e faminta.

Quando parei diante da escadaria do casarão, Camille e Elisabeth fizeram a menina entrar na cozinha, enquanto Madeleine e Thérèse corriam a procurar a avó.

– Vovó – disse Madeleine –, você deixa a gente dar de comer a uma garotinha muito pobre que encontramos no caminho?

– Claro, querida. Mas quem é ela?

– Eu não sei, vovó.

– Onde ela mora?

– Em nenhum lugar, vovó.

– Como assim, em lugar nenhum? Mas os pais dela devem morar em algum lugar, qualquer que seja.

– Ela não tem pais, vovó, ela é sozinha.

– A senhora permite, tia – disse Thérèse, timidamente –, que ela durma aqui?

– Se ela não tem realmente abrigo, não vejo problema nenhum, disse a avó. Mas quero vê-la e falar com ela.

Levantou-se e seguiu as meninas até a cozinha, onde a garotinha acabava sua refeição. Chamou, e ela se aproximou mancando. A avó lhe fez perguntas e obteve as mesmas respostas. A velha senhora ficou bem embaraçada. Mandar essa criança de volta ao estado de abandono e sofrimento em que se encontrava lhe parecia impossível. Ficar com ela era difícil. A quem confiá-la? Quem poderia educá-la?

– Escute, menina – disse à garota –, enquanto procuro informações sobre você pra saber se o que disse é verdade, você dormirá e comerá aqui. Em alguns dias, verei o que posso fazer por você.

Deu ordens pra que preparassem uma cama pra criança e não deixassem faltar nada a ela. Mas a menina estava tão suja que ninguém queria tocá-la nem se aproximar dela. Thérèse estava desolada com isso, mas não podia obrigar os empregados da tia a fazer o que achavam repugnante. E pensou:

"Fui eu que trouxe essa menina. Eu é que deveria cuidar disso. Mas como?"

Refletiu um instante e teve uma ideia.

– Espere, menina, volto daqui a pouco.

Correu até onde estava sua mãe:

– Mamãe, eu tenho que tomar um banho, não é?

– Sim, Thérèse, a babá está esperando você.

– Mamãe, você deixa a garotinha que trouxemos pra casa tomar banho no meu lugar?

– Que garotinha? Não a vi.

– Uma garotinha muito pobre, sem pai, nem mãe, nem ninguém pra cuidar dela, que não tem onde dormir, que só come o que lhe dão. A avó de Camille deixou-a ficar no casarão, mas nenhum dos empregados quer tocá-la.

– Mas por que isso?

– Porque ela está tão suja, tão suja, que chega a ser repugnante. Então, mamãe, se você deixar, eu lhe darei um banho. Pra não repugnar minha babá, eu mesma tirarei suas roupas, a ensaboarei, cortarei seus cabelos, que estão muito emaranhados e cheios de pequenas pulgas brancas que não saltam.

– Mas, minha querida, você mesma não terá problema em tocá-la e lavá-la?

– Um pouco, mamãe, mas penso que, se eu estivesse no lugar dela, ficaria muito feliz se quisessem cuidar de mim, e essa ideia me dará coragem. Depois, mamãe, quando ela estiver limpa, você me deixa vesti-la com algumas das minhas roupas velhas até eu lhe comprar outras?

– Claro, minha filha. Mas com o que você vai comprar roupas? Você só tem dois ou três francos, o que só dá para comprar uma blusa.

– Ah! Mamãe, você se esqueceu da minha nota de vinte francos?

– Aquela que seu pai lhe deu pra guardar e não gastar? Você estava guardando esse dinheiro pra comprar um belo missal, como o de Camille...

– Eu posso muito bem passar sem ele, ainda tenho o meu velho.

– Faça como quiser, minha filha. Quando é pra fazer o bem, você sabe que eu lhe dou toda a liberdade...

A mãe a abraçou, e foi com Thérèse pra ver a menina que ninguém queria tocar. E disse a si mesma:

"Se ela tiver alguma doença de pele com que Thérèse possa se contaminar não permitirei que toque na menina."

A menina esperava, ainda na porta. A mãe de Thérèse a olhou, examinou suas mãos, seu rosto e viu que só havia sujeira, nenhuma doença de pele. Achou, somente, que os cabelos da garotinha estavam tão cheios de bichos que pediu a tesoura, fez a menina sentar na grama e cortou seus cabelos bem curtos, sem encostar a mão neles.

Quando os fios caíram no chão, ela os juntou com uma pá, e pediu a um dos empregados para jogá-los junto ao estrume. Depois, pediu uma tina com água morna e, com a ajuda de Thérèse, ensaboou e lavou a cabeça da garotinha, deixando-a bem limpa. Depois de ter enxugado o cabelo da menina, a mãe disse a Thérèse:

Ela fez a menina sentar na grama...

Lavou a cabeça da menina...

– Agora, querida, pode ir dar um banho nela, e jogue seus trapos no fogo.

Camille, Madeleine e Elisabeth tinham vindo ajudar Thérèse. As quatro levaram a garota pro banheiro, despiram-na, apesar do nojo que sentiam pela sujeira extrema da menina e pelo odor que vinha dos seus andrajos. Apressaram-se em mergulhá-la na banheira cheia e ensaboá-la dos pés à cabeça. Tomaram gosto pela operação, que as divertia e que encantava a garotinha. Depois de ensaboá-la, deixaram a menina na água um pouco mais de tempo do que era necessário.

No final do banho, a menina já estava cansada e demonstrou satisfação quando suas quatro protetoras a fizeram sair da banheira. Elas a esfregaram, pra enxugá-la, até sua pele ficar vermelha, e só depois de tê-la feito secar como um presunto foi que a vestiram com uma camiseta, uma anágua e um vestido de Thérèse.

Ficou tudo muito bem nela, porque Thérèse usava vestidos bem curtos, como fazem as meninas elegantes, e na pequena mendiga suas roupas chegavam até os tornozelos. Estava um tanto longo, mas nem dava pra reparar, e todas ficaram contentes. Quando foi preciso calçá-la, as crianças notaram que a menina tinha uma ferida sobre o peito do pé. Era o que a fazia mancar.

Elas a esfregaram até sua pele ficar vermelha...

Camille correu até sua avó e pediu uma pomada. A avó lhe deu o necessário pra um curativo e ela, auxiliada pelas três amigas – uma segurando a garota, a outra segurando seu pé e a terceira desenrolando uma atadura –, passava a pomada na ferida. Levaram quase um quarto de hora pra ajeitar a atadura sobre a compressa. Uma hora, estava muito apertada, outra, não estava o suficiente.

Ou a atadura estava muito embaixo e a compressa, muito no alto – as quatro amigas discutiam e puxavam cada uma pro seu lado o pé da coitada da menina, que não ousava dizer nada, deixando-se levar sem se queixar. Por fim, a ferida foi enfaixada, calçaram-na com meias e velhas pantufas de Thérèse e a deixaram ir. Quando a menina voltou à cozinha, ninguém a reconheceu.

– Não é possível que seja aquele pequeno horror de antes – disse um empregado.

– Sim, é ela mesma – retrucou um segundo empregado. – Parece outra, de horrorosa que era, ganhou um aspecto agradável.

– Foi bonito da parte das crianças e da senhora d'Arbé tê-la deixado assim limpinha. Quanto a mim, nem que tivessem me dado vinte francos eu colocaria as mãos nela – afirmou o cozinheiro.

– É que ela cheirava tão mal! – exclamou a ajudante de cozinha.

– Você não deveria ter o nariz tão sensível, lindinha, com sua fedentina de restos de comida, suas panelas pra esfregar e todo tipo de sujeira pra manusear... – repreendeu o cocheiro.

– Meus restos de comida e minhas panelas não têm o cheiro de esterco como o de algumas pessoas que eu conheço – retrucou a ajudante de cozinha, ofendida.

– Ah! Ah! A moça está brava. Cuidado com a vassoura! – alertou um empregado.

– Se a moça pegar a vassoura, eu vou procurar a minha, e o garfo também, e ainda bato nela...

– Chega, chega, melhor não provocar demais, ela é brava, vocês sabem que é melhor não irritá-la – falou o cozinheiro.

– E eu com isso? Se ela se irrita, eu também posso me irritar – respondeu o cocheiro.

– Mas eu não quero nada disso aqui na minha cozinha. Madame não gosta de brigas, e nós todos sofreríamos as consequências.

– *Chega, chega* – falou o cozinheiro.

– Le Vatel tem razão. Thomas, cale a boca, você sempre arruma briga. Pra começar, seu lugar não é aqui – interferiu um dos empregados.

– Olha só isso! Meu lugar é qualquer um, quando não tenho trabalho na estrebaria.

– Mas você *tem* trabalho. Veja lá Cadichon, que ainda está selado e que passeia à vontade, como um burguês que espera seu jantar. – apontou o cozinheiro.

– Cadichon me dá a impressão de escutar atrás das portas. Ele é mais esperto do que parece, é um verdadeiro perigo. – comentou o cocheiro.

O cocheiro me chamou, me pegou pela rédea, me levou até a estrebaria e, depois de ter tirado minha sela e ter me dado minha boia, me deixou sozinho, quer dizer, em companhia dos cavalos e de um burro que eu desprezava demais para ter algum tipo de conversa com ele.

Não sei o que se passou no casarão, à noite. Na tarde seguinte, recolocaram minha sela, montaram a pequena mendiga no meu lombo. Minhas quatro pequenas patroas foram a pé, e seguimos para o vilarejo. No caminho, compreendi que elas queriam comprar algo pra vestir a garotinha. Thérèse queria pagar tudo, mas as outras queriam pagar cada uma a sua parte. Elas discutiam entre si com tanta teimosia que, se eu não tivesse parado na frente da loja, teriam continuado a andar sem se dar conta.

Elas quase fizeram a garota cair da sela, porque todas queriam pegá-la ao mesmo tempo. Uma a puxava pelas pernas, a outra a segurava por um braço, a terceira tinha agarrado pela cintura e Elisabeth, a quarta, que era forte como duas ou três, empurrava todas, pra ser a única a ajudar a menina a descer. A criança, assustada e puxada de todos os lados, começou a gritar. Os passantes foram parando pra ver... Nisso, a dona da loja abriu a porta:

– Bom dia, senhoritas, posso ajudá-las?

Minhas jovens donas, contentes porque nenhuma teria de ceder, largaram a menina. A comerciante a pegou e colocou no chão.

– O que as senhoritas gostariam de ver?

– Viemos comprar roupas pra esta garotinha, senhora Juivet – informou Madeleine.

– Eu as ajudo com prazer, senhoritas. Vocês querem um vestido, uma saia, ou roupa de baixo?

– Precisamos de tudo, senhora Juivet. Vamos levar pano pra fazer três camisas, uma combinação, um vestido, um avental, uma echarpe, dois chapéus. – explicou Camille.

– Camille, deixe-me falar, pois sou eu quem vai pagar – reclamou Thérèse, baixinho,

– Não, você não vai pagar tudo, nós queremos pagar com você – retrucou Camille, baixinho também.

– Prefiro pagar sozinha, a menina é minha – cochichou Thérèse.

– Não, ela é nossa – replicou Camille bem baixinho.

– Que tecidos as senhoritas vão querer? – interrompeu a comerciante, impaciente pra vender.

Enquanto Camille e Thérèse continuavam sua discussão em voz baixa, Madeleine e Elisabeth se apressaram em comprar tudo o que achavam necessário.

– Até mais, senhora Juivet. Por favor, mande tudo pra nossa casa o mais rápido possível, e envie também a nota.

– O que é isso?! Vocês já compraram tudo?! – exclamaram Camille e Thérèse, em uníssono.

– Claro! Enquanto vocês conversavam – disse Madeleine com ar malicioso –, nós escolhemos tudo o que é necessário.

– Mas vocês tinham de perguntar se nós estávamos de acordo – reclamou Camille.

– Claro, pois sou eu que estou pagando – disse Thérèse.

– Nós também vamos pagar! – exclamaram as outras três, em coro.

– Quanto custou tudo? – perguntou Thérèse à dona da loja.

– Trinta e dois francos, senhorita.

– Trinta e dois francos! – Thérèse se assustou. Mas eu só tenho vinte francos!

– Está vendo? Nós vamos pagar o restante – concluiu Camille.

– Melhor assim, isso significa que nós também vamos vestir a menina... – alegrou-se Elisabeth.

Madeleine, rindo, encerrou a discussão:

– Enfim estamos de acordo, graças à senhora Juivet. Não foi nada fácil!

Eu tinha escutado tudo, porque a porta estava aberta. Estava indignado com a senhora Juivet, que fazia minhas pequenas patroas pagarem no mínimo o dobro do que valiam aquelas mercadorias. Esperava que as mães não as deixassem concretizar a compra. E voltamos pra casa, todo mundo em paz... graças à senhora Juivet, como tinha dito Madeleine inocentemente.

O tempo estava bonito, e estavam todos sentados na grama em frente à casa quando chegamos. Pierre, Henri, Louis e Jacques tinham ido pescar em uma das lagoas enquanto estávamos no vilarejo e acabavam de trazer três bonitos peixões e muitos peixinhos. Enquanto Louis e Jacques tiravam minha sela e minha rédea, as quatro primas contaram às mães o que tinham comprado.

– Quanto custou isso? – perguntou a mãe de Thérèse. – Quanto sobrou dos seus vinte francos, Thérèse?

Um pouco embaraçada, Thérèse enrubesceu ligeiramente:

– Não sobrou nada, mamãe.

– Vinte francos pra vestir uma criança de seis ou sete anos! – disse a mãe de Camille. – Mas é horrivelmente caro! O que vocês compraram?

Thérèse não sabia o que Madeleine e Elisabeth tinham comprado, então não pôde responder.

Mas a comerciante, chegando com o pacote, interrompeu a conversa, pra alegria de Madeleine e de Elisabeth, que começavam a achar que tinham comprado coisas bonitas demais.

– Bom dia, senhora Juivet – disse a avó. – Desfaça seu pacote aqui na grama e nos mostre as compras dessas senhoritas.

A senhora Juivet cumprimentou a todos, abriu o pacote, pegou a nota de compra, que apresentou a Madeleine, e exibiu suas mercadorias.

Madeleine tinha ficado vermelha ao pegar a nota. A avó a pegou de suas mãos e soltou uma exclamação de surpresa:

– Trinta e dois francos pra vestir uma pequena mendiga! – acrescentou, num tom severo: – Senhora Juivet, a senhora abusou da ignorância das minhas netas! Sabe muito bem que os tecidos que trouxe são muito caros pra vestir uma criança. Leve tudo isso de volta, e saiba que futuramente nenhum de nós comprará mais nada da senhora.

– Senhora – disse a senhora Juivet contendo a raiva –, as meninas pegaram o que elas quiseram, eu não as obriguei a comprar nada.

– Mas a senhora deveria ter-lhes mostrado tecidos adequados, e não tentar lhes passar suas velhas mercadorias que ninguém quer.

– Senhora, essas senhoritas, tendo pegado os produtos, devem pagar por eles.

– Elas não pagarão nada, e a senhora vai levar tudo de volta – disse a avó com severidade. – Parta imediatamente. Mandarei minha arrumadeira comprar na loja da senhora Jourdan o que for necessário.

A senhora Juivet se retirou com uma raiva medonha. Eu a acompanhei até o fim do caminho, zurrando com ar zombeteiro e saltando em torno dela, o que divertiu muito as crianças, mas que provocou muito medo na comerciante, porque ela se sentia culpada e temia que eu quisesse puni-la. Na região, acreditavam que eu era um pouco feiticeiro, e todos os malvados tinham medo de mim.

As mães repreenderam as meninas, os primos debocharam delas. Eu fiquei ali por perto comendo a grama e vendo-os saltar, correr, pular. Durante esse tempo, ouvi que os pais organizavam uma caçada pro dia seguinte, que Pierre e Henri iam levar pequenos fuzis para participarem e que um jovem vizinho iria também.

15. A CAÇADA

No dia seguinte, ia acontecer, como já disse, a abertura da temporada de caça. Pierre e Henri estavam prontos antes de todo mundo. Era sua estreia, e já estavam com os rifles pendurados nos ombros, a bolsa pra carregar a caça a tiracolo. Seus olhos brilhavam de alegria, e eles tinham adquirido um ar orgulhoso e combativo que parecia dizer que todo animal de caça da região ia tombar com seus tiros. Eu os acompanhava de longe, e vi os preparativos da caça.

– Pierre – disse Henri com ar decidido –, quando as bolsas já estiverem cheias, onde vamos botar o restante da caça que vamos matar?

– É exatamente nisso que eu pensava – respondeu Pierre. – Vou pedir ao papai pra levar o Cadichon.

Essa ideia não me agradou. Eu sabia que jovens caçadores costumavam atirar pra todo lado e em tudo, sem se preocupar com quem estivesse diante e perto deles. Mirando uma perdiz, eles podiam sair metendo chumbo em mim, e esperei inquieto o resultado dessa conversa.

– Papai – pediu Pierre ao pai, que estava chegando –, podemos levar Cadichon?

– Por quê? – respondeu o pai, rindo. – Você quer caçar a burro, e perseguir as perdizes na corrida?! Nesse caso, vai ser necessário colocar asas em Cadichon...

– Não, papai, é pra carregar nossa caça quando nossas bolsas estiverem muito cheias – explicou Henri, contrariado.

Surpreso, rindo, o pai exclamou:

– Carregar a caça! Vocês acreditam mesmo, inocentes, que vão matar alguma coisa?

– Claro, papai. Eu tenho vinte cartuchos no bolso, e vou matar pelo menos quinze peças – respondeu Henri, irritado.

– Ah! Ah! Ah! Essa é boa! Sabe o que vão matar, vocês dois e seu amigo Auguste?

– O quê, papai?

– O tempo, e nada mais.

– Então, papai, não sei por que você nos deu fuzis e por que nos leva à caça, se nos acha tão bobos e tão desajeitados pra matar alguma coisa... – falou Henri, muito irritado.

– Pra ensinar vocês a caçar, seus bobos, é pra isso que faço vocês irem à caça. A gente nunca mata nada nas primeiras vezes. É à custa dos erros que a gente aprende a atirar.

A conversa foi interrompida pela chegada de Auguste, pronto também pra matar tudo o que encontrasse pela frente. Pierre e Henri ainda estavam vermelhos de indignação quando o amigo chegou perto.

– O papai acha que nós não vamos matar nada, Auguste. Vamos mostrar a ele que somos mais hábeis do que ele pensa – contou Pierre.

– Fique tranquilo, vamos matar mais do que eles – falou Auguste.

– Por que mais do que eles? – quis saber Henri.

– Porque nós somos jovens, ágeis, ousados e habilidosos, enquanto nossos pais já são um pouco velhos – foi a resposta de Auguste.

– Isso é verdade. Papai tem quarenta e dois anos. Pierre tem só quinze, e eu, treze. Olhe a diferença! – comentou Henri.

– E meu pai, então! Ele tem quarenta e três anos! E eu, catorze! – contou Auguste.

Pierre anunciou:

– Escutem: sem dizer nada, vou colocar a sela com os cestos em Cadichon. Ele vai nos seguir e vamos fazê-lo carregar nossa caça.

– Ótimo, isso mesmo. Coloque os cestos grandes. Se matarmos um cervo, vai ser necessário muito espaço – concordou Auguste.

Henri ficou encarregado da tarefa. Eu ria, disfarçando. Tinha certeza de que não poderia carregar um cervo e de que voltaria com os cestos tão vazios quanto na ida.

– A caminho! – chamaram os pais. – Nós vamos na frente. E vocês, meninos, sigam-nos de perto. Quando tivermos chegado na planície, vamos nos separar...

– Mas o que é isso? – exclamou o pai de Pierre, surpreso. – Cadichon está nos seguindo? Cadichon, enfeitado com dois enormes cestos?!

– É pra carregar a caça desses senhores – disse o guarda-caça, rindo.

– Ah! Ah! Ah! Eles quiseram fazer do jeito deles... Quer dizer... eu quero muito que Cadichon siga a caça, se é que ele tem tempo a perder. – riu o pai.

E olhou sorrindo Pierre e Henri, que assumiram um ar desembaraçado.

– Seu fuzil está engatilhado, Pierre? – perguntou Henri.

– Não, ainda não. É tão duro pra engatilhar e desengatilhar que eu prefiro esperar que uma perdiz aponte.

Nesse momento, o pai dos meninos avisou:

– Chegamos à planície. Agora, vamos todos caminhar em linha e atirar pra frente, e não à direita ou à esquerda, pra não nos matarmos uns aos outros.

As perdizes não demoraram a surgir de todos os lados. Eu, prudentemente, tinha ficado mais atrás, até mesmo um pouco longe. E fiz bem, porque mais de um cachorro retardatário recebeu estilhaços de chumbo. Os cães espreitavam, se imobilizavam, buscavam as caças. Os tiros de fuzil partiam de toda linha.

Eu não perdia de vista meus três jovens fanfarrões. Eles atiravam bastante, sem nunca atingir nada. Nenhum dos três acertou nem lebre nem perdiz. Eles ficavam impacientes, atiravam sem mira, muito longe, muito perto. Algumas vezes, os três atiravam na mesma perdiz, que levava a melhor. Com os pais, ao contrário, o resultado era perfeito: tantos tiros quantas peças nas suas bolsas de caça. Depois de duas horas de caça, o pai de Pierre e Henri se aproximou:

Vamos atirar pra frente...

— E então, meus filhos, Cadichon está muito carregado? Ainda tem espaço pra esvaziar minha bolsa, que está lotada?

Os meninos não responderam. Percebiam o ar zombeteiro do pai, que sabia da inabilidade deles. Quanto a mim, me aproximei correndo e me virei, oferecendo um dos cestos ao pai.

— Como! Nada dentro? Suas bolsas de caça vão arrebentar se vocês as encherem demais!

As bolsas dos meninos estavam achatadas e vazias. O pai desatou a rir do ar abatido dos jovens caçadores, despejou sua caça em um dos meus cestos e voltou pro seu cachorro, que esperava.

– Acho que seu pai matou uma quantidade bem grande de perdizes novinhas! Vejam ali os dois cachorros que pegam e trazem várias. E nós ficamos sem nenhuma – lamentou Auguste.

– É mesmo. Provavelmente, nós matamos muitas perdizes, só que não tínhamos cachorros pra pegá-las – disse Henri.

– Mas eu não vi nenhuma caindo – comentou Pierre.

– É porque uma perdiz morta nunca cai na hora. Ela voa ainda algum tempo e cai bem longe – explicou Auguste.

– Mas quando o papai e meus tios atiram, suas perdizes caem logo – argumentou Pierre.

– Parece assim pra você porque você está longe, mas, se estivesse no lugar deles, iria ver a perdiz continuar muito tempo ainda – respondeu Auguste.

Pierre não respondeu, mas não parecia acreditar no que Auguste dizia. Os três caminhavam com um passo menos orgulhoso e menos despreocupado do que no início. E começavam a perguntar as horas.

– Estou com fome – disse Henri.

– Estou com sede – disse Auguste.

– Estou exausto – disse Pierre.

Mas era preciso continuar seguindo os caçadores que atiravam, matavam e se divertiam. Contudo, eles não esqueciam seus jovens companheiros de caça e, pra não cansá-los demais, propuseram uma pausa pro almoço. Os meninos aceitaram com satisfação. Chamaram os cachorros, colocaram novamente as coleiras neles e se dirigiram a uma fazenda a uns cem passos dali, pra onde a avó tinha enviado as provisões.

Sentaram-se no chão de terra debaixo de um velho pinheiro e espalharam o conteúdo dos cestos de provisões. Havia, como em todas as caçadas, uma torta de galinha, um presunto, ovos, queijo, compotas, doces de frutas, um pudim grande, um brioche enorme e algumas garrafas de bom vinho.

Todos os caçadores, jovens e velhos, tinham muito apetite e comeram de fazer medo a quem passasse. Contudo, a avó tinha preparado tanta comida que metade das provisões ficou pros guardas e pros trabalhadores da fazenda. Os cachorros tinham comida pra matar a fome e água da lagoa pra matar a sede.

Sentaram-se no chão de terra debaixo de um velho pinheiro e espalharam o conteúdo dos cestos de provisões.

– Então, vocês não estão felizes, meninos? – disse o pai de Auguste. – Cadichon não caminhava como um burro muito carregado.

– Isso não é surpreendente, papai. Nós não tínhamos cães, vocês estavam com todos os cachorros – respondeu Auguste.

– Ah! Acha então que dois ou três cachorros teriam feito vocês matarem as pequenas perdizes que passaram bem diante do nariz de vocês?

– Eles não teriam feito a gente acertar, papai, mas teriam ido buscar as que nós matamos, e aí... – continuou Auguste.

O pai, interrompendo-o com um ar surpreso, exclamou:

– As que vocês mataram! Acham que mataram alguma perdiz?

– Claro, papai! Só que, como a gente não via elas caírem, não podíamos ir apanhá-las – reforçou Auguste.

– E você acredita que, se elas tivessem caído, vocês não teriam visto? – perguntou o pai de Auguste, ainda surpreso.

– Não, porque não temos olhos tão bons quanto os dos cães.

O pai, os tios e os guardas desataram numa gargalhada que deixou os meninos vermelhos de raiva.

– Escutem – disse por fim o pai de Pierre e de Henri –, já que é por falta de cachorros que vocês perderam a caça, cada um vai ter o seu quando voltarmos à planície.

– Mas os cachorros não vão querer nos seguir, papai, eles não estão tão acostumados conosco como com vocês – disse Pierre.

– Para obrigá-los a seguir vocês, os dois guardas-caça vão junto, e nós só partiremos meia hora depois, de modo que os cachorros não fiquem tentados a voltar – resolveu o pai.

– Oh! Obrigado, papai! Com os cachorros, com certeza a gente vai caçar tanto quanto vocês! – exclamou Pierre, radiante.

O almoço estava terminando, todos estavam descansados, e os jovens caçadores tinham pressa de voltar à caça com os cães e os guardas-caça.

– Agora sim, parecemos verdadeiros caçadores! – diziam, com ar satisfeito.

E partiram, comigo atrás, como antes do almoço, mas sempre de longe. Os pais tinham dito aos guardas-caça pra caminharem perto dos meninos e evitarem qualquer imprudência. As perdizes vinham de todo lado, como de manhã. Os meninos atiraram, como tinham feito de manhã, e não acertaram nada, como de manhã.

E, contudo, os cães faziam bem seu serviço: eles procuravam, estacavam, mas não traziam nada, pois não havia nada pra trazer. Enfim, Auguste, cansado de atirar sem acertar, viu um dos cachorros imóvel. Calculou que, atirando antes que a perdiz apontasse, acertaria com mais facilidade. E então ele mira, atira... e o cachorro cai, debatendo-se e gritando de dor.

– Corbleu, veja! Nosso melhor cachorro! – gritou um guarda, lançando-se na direção do animal.

Quando chegou perto, o cachorro expirava. O tiro tinha acertado sua cabeça, e ele estava inerte, sem vida.

– Veja que ótimo disparo o senhor fez, senhor Auguste! – disse o guarda-caça, deixando cair o animal. – Acho que a caçada terminou.

Auguste estava imóvel, consternado. Pierre e Henri pareciam muito abalados com a morte do cachorro, e o guarda continha sua raiva e olhava, sem dizer nada.

Eu me aproximei pra ver quem era a infeliz vítima da inabilidade e da vaidade de Auguste. E qual não foi minha dor ao reconhecer Médor, meu amigo, meu melhor amigo! E quão enormes não foram meu horror e meu sofrimento quando o guarda pegou Médor e o colocou em um dos cestos que eu carregava!

Essa era a caça que eu estava condenado a levar! Médor, meu amigo, morto por um menino malvado, desajeitado e orgulhoso.

Voltamos pra fazenda. Os meninos em silêncio, o guarda deixando escapar de vez em quando um palavrão furioso e eu só encontrando consolo na bronca severa e na humilhação que o assassino ia ter de enfrentar.

Chegando à fazenda, encontramos os caçadores que, sem os cachorros, preferiram descansar e esperar a volta dos meninos.

– Já? – exclamaram ao nos ver apontar.

– Devem ter matado algo grande. Cadichon caminha como se estivesse carregado, e um dos cestos pende como se contivesse alguma coisa pesada – comentou o pai de Pierre.

Os dois se levantaram e se aproximaram. Os meninos continuavam mais atrás. Suas expressões confusas surpreenderam os pais.

– Eles não têm o ar triunfante dos grandes vencedores! – observou o pai de Auguste, rindo.

– Provavelmente, mataram um bezerro ou um carneiro que pensaram ser um coelho – zombou o pai de Pierre.

Eles não têm o ar triunfante dos grandes vencedores!

O guarda-caça se aproximou.

– O que aconteceu, Michaud? Você tem o ar tão triste quanto os caçadores.

– Tenho motivo pra isso, senhor – respondeu o guarda. – Estamos trazendo uma triste caça.

– O que é? Um carneiro, um bezerro, um burrinho? – perguntou o pai de Henri e Pierre, rindo.

– Ah, senhor, não há razão pra rir! É seu cachorro Médor, o melhor da matilha, que o senhor Auguste matou, achando que era uma perdiz – informou o guarda-caça.

– Médor?! Não é possível! Que menino desastrado! Se não tivesse vindo caçar...

– Aproxime-se, Auguste – ordenou seu pai. – Veja no que deu seu orgulho estúpido e sua presunção ridícula! Diga adeus aos seus amigos, mocinho. Você vai voltar neste minuto pra casa e guardar seu fuzil no meu quarto, pra não mais tocar nele até que tenha adquirido um pouco de juízo e de modéstia.

– Mas, papai – respondeu Auguste com um ar desenvolto –, não sei por que está tão aborrecido. Acontece muitas vezes que cachorros sejam mortos, na caça.

– Cachorros! Matamos cachorros! – exclamou o pai, horrorizado. – Isso é demais! Onde aprendeu essas belas noções de caça, rapaz?

– Mas, papai – insistiu Auguste, sempre com a mesma naturalidade –, todo mundo sabe que acontece muitas vezes de os grandes caçadores matarem cachorros.

– Caros amigos – disse o pai, voltando-se para os outros –, queiram me desculpar por ter trazido um menino malcriado como Auguste. Eu não sabia que ele era capaz de tanta insolência e estupidez.

E, voltando-se para o filho:

– Você escutou minhas ordens, agora vá.

– Mas, papai...

– Cale-se! Nem mais uma palavra, se não quiser conhecer o cabo do meu fuzil. – falou o pai, com voz severa.

Auguste abaixou a cabeça e se retirou, todo confuso.

– Vocês estão vendo, meus filhos – disse o pai de Pierre e de Henri – pra onde leva a presunção, ou seja, a crença em um mérito que não possuímos. O que está acontecendo com Auguste poderia ter acontecido com vocês também. Os três imaginaram que nada era mais fácil do que atirar bem, que era suficiente querer pra acertar. Vejam o resultado. Vocês todos foram ridículos, desde o começo, desprezaram nossos conselhos e nossa experiência. No final, os três provocaram a morte do meu cão Médor. Depois disso, vejo que vocês são muito jovens pra caçar. Daqui um ou dois anos, nós vamos ver. Até lá, voltem ao jardim e às suas diversões de criança. Todo mundo ganhará com isso.

Pierre e Henri abaixaram a cabeça sem responder e voltaram tristes pra casa. Eles mesmos quiseram enterrar no jardim o meu infeliz amigo, cuja história vou contar a vocês. Saberão por que eu gostava tanto dele.

16. MÉDOR

Conhecia Médor há muito tempo. Eu era jovem, e ele mais jovem ainda, quando nos conhecemos e logo gostamos um do outro. Naquela época, eu vivia miseravelmente, com aqueles fazendeiros malvados que haviam me comprado de um vendedor de burros e de quem eu havia escapado com tanta habilidade. Eu era magro porque passava fome, sempre. Médor, que tinha sido dado a eles como cão de guarda e que se revelou um soberbo e excelente cão de caça, era menos infeliz do que eu.

Médor divertia as crianças, que lhe davam pão e restos de laticínios. Além disso, ele me confessou, quando conseguia entrar na leiteria com a dona ou a empregada, sempre encontrava um jeito de tomar uns goles de leite ou de creme, e de abocanhar pequenos pedaços de manteiga que saltavam da batedeira, quando estava sendo preparada. Médor era bom. Minha magreza e minha fraqueza lhe davam pena. Um dia, ele me trouxe um pedaço de pão e ofereceu, com ar triunfante:

– Coma, amigo. Eu tenho bastante pão, que me dão pra me alimentar, e você só tem cardos e ervas daninhas em quantidades que mal dão pra mantê-lo vivo.

– Médor – respondi –, você está se privando por mim, tenho certeza. Eu não sofro tanto quanto pensa. Estou acostumado a comer pouco, a dormir pouco, a trabalhar muito e a apanhar.

– Não tenho fome. Prove sua amizade aceitando meu pequeno presente. É bem pouco, mas lhe ofereço com prazer e, se recusar, vou ficar chateado.

– Então aceito, Médor, porque gosto muito de você. E confesso que este pão me fará um grande bem, porque tenho fome.

E comi o pão do Médor, que observava com prazer a velocidade com que eu mastigava e engolia. Logo me senti revigorado por essa refeição pouco habitual. Disse isso a Médor, pra deixar claro meu reconhecimento e minha gratidão. Disso resultou que todos os dias ele me trazia o maior dos pedaços de pão que lhe davam. De noite, ele vinha se deitar perto de mim debaixo da árvore ou da moita que eu escolhia pra dormir, e conversávamos sem falar. Nós, os animais, não nos comunicamos por palavras, como os homens. Nós nos compreendemos pelas piscadelas de olhos, pelos movimentos de cabeça, das orelhas, da cauda, e conversamos uns com os outros do mesmo modo que os homens.

Um dia, eu o vi chegar triste e abatido:

– Amigo, receio não poder mais lhe trazer uma parte do meu pão. Os patrões decidiram que estou grande o suficiente pra ficar amarrado durante todo o dia, e que só me soltarão à noite. Além disso, a patroa repreendeu as crianças porque me dão muito pão, e as proibiu de me dar qualquer coisa, porque ela mesma quer me alimentar, e pouco, pra me transformar num bom cão de guarda.

– Médor – respondi –, se é o pão que você me traz que o preocupa, fique tranquilo, não tenho mais necessidade dele. Descobri esta manhã um buraco na parede do galpão de feno. Já tirei um pouco, e vai ser fácil comer desse feno todos os dias.

– Verdade?! – exclamou Médor –, fico feliz com isso! Mas eu tinha um grande prazer em partilhar meu pão com você. E depois, ficar amarrado durante o dia, não vir mais ver você... É muito triste.

Conversamos ainda durante algum tempo, e era bem tarde quando ele me deixou:

– Terei tempo de dormir durante o dia, e você não tem grande coisa pra fazer nesta estação.

O dia seguinte se passou sem que eu visse meu amigo. À noite, eu o esperava com impaciência quando ouvi seus gritos. Corri pra perto da cerca e vi a malvada fazendeira, que o segurava pela pele do pescoço, enquanto Jules batia nele com o chicote do carroceiro.

Eu me enfiei por uma brecha mal fechada da cerca e me joguei sobre Jules. Mordi seu braço, e o chicote lhe caiu das mãos.

E me joguei sobre Jules...

A fazendeira soltou Médor, que fugiu – e era o que eu queria. Soltei o braço de Jules e ia voltar pro meu cercado quando senti me pegarem pelas orelhas. Era a fazendeira, que, furiosa, gritava pra Jules:

– Me dê o grande chicote, que eu corrijo este animal ruim agora mesmo! Nunca vi um burro mais malvado em toda a minha vida! Passe-me o chicote, ou bata você mesmo!

– Não posso mexer o braço – choramingou Jules. – Ele está todo entorpecido.

A fazendeira pegou o chicote do chão e correu na minha direção pra vingar seu malvado filho. Não fiz a besteira de esperar, como vocês podem imaginar. Dei um salto e me afastei quando ela estava quase me alcançando. Ela continuou a me perseguir, e eu a me salvar, tomando cuidado pra ficar fora do alcance do chicote. Eu me divertia muito com a perseguição. Via a raiva da dona aumentar junto com seu cansaço. Eu a fazia correr e suar

A malvada estava rendida...

sem me cansar. A malvada mulher estava nadando em suor, rendida, sem ter tido o prazer de me atingir nem com a ponta do chicote.

Meu amigo estava suficientemente vingado quando o passeio acabou. Eu o procurei com os olhos, pois o tinha visto correr pros lados do meu cercado, mas ele esperava ali perto, pra aparecer assim que sua cruel dona fosse embora.

— Miserável, patife! — gritava a raivosa fazendeira, afastando-se. — Você me pagará quando estiver debaixo da sela!

Fiquei só e chamei Médor, que colocou timidamente a cabeça pra fora do fosso onde estava escondido. Corri até ele:

— Pode sair! Ela já foi. O que foi que você fez? Por que ela fazia com que Jules o espancasse?

— Porque eu peguei um pedaço de pão que uma das crianças deixou no chão: ela me viu, se lançou sobre mim, chamou Jules e ordenou que me batesse sem piedade.

– Ninguém tentou defender você?

– Alguém me defender?! Ah, sim! Claro! Todos gritavam:

– Bem feito! Bem feito! Chicote nele, Jules, pra que ele não faça isso de novo.

– Fiquem tranquilos – respondeu Jules –, não vou com a mão mole, vão ver como vou fazê-lo chorar!

E, ao meu primeiro ganido, todos bateram palmas:

– Muito bem! De novo, mais uma!

– Malvados! Palhaços! – eu disse. – Mas por que você pegou o pedaço de pão, Médor? Eles já não tinham dado sua boia?

– Tinham, sim, tinham. Eu já tinha comido, mas o pão que veio na minha comida estava tão esmigalhado que não pude tirar nada pra você, e se eu trouxesse aquele pedação que os meninos deixaram cair, você ia ter uma boa refeição.

– Médor, foi por mim que você apanhou!... Obrigado, amigo, obrigado! Nunca vou esquecer sua amizade, sua bondade!... Mas não faça de novo, eu lhe suplico. Você acha que aquele pão teria me dado prazer se eu soubesse que por causa dele você tinha sofrido tanto? Eu prefiro mil vezes viver apenas de cardos e saber que você está bem tratado e feliz.

Conversamos ainda por um longo tempo, e fiz Médor prometer que não se meteria em encrencas por minha causa. De minha parte, prometi aprontar muito pra todo mundo da fazenda, e cumpri minha palavra. Um dia, joguei Jules e sua irmã em um fosso cheio de água e me salvei, deixando os dois a engolir água e a se debater. Num outro dia, persegui o menino de três anos como se quisesse mordê-lo. Ele gritava e corria com um terror que me alegrava.

Uma outra vez, fiz de conta que tinha cólicas e rolei pela estrada com uma carga de ovos no lombo. Todos os ovos se quebraram. A fazendeira, mesmo furiosa, não ousou me bater. Acreditava que eu estava realmente doente, e pensou que eu fosse morrer, que perderia o dinheiro que eu tinha custado. Em vez de me bater, me levou de volta e me deu feno e farelo. Nunca apliquei um golpe mais bem aplicado na minha vida. De noite, eu contava a Médor e nós rolávamos de rir.

Uma outra vez, vi a roupa de baixo de todos espalhada pela cerca pra secar. Peguei as peças uma a uma com os dentes e joguei no meio do esterco mole. Ninguém me viu fazer isso. Quando a dona não viu mais a roupa branca e, tendo procurado por todos os lados, encontrou tudo dentro do esterco mole, ela sentiu uma raiva assustadora. Bateu na empregada, que bateu nas crianças, que bateram nos gatos, nos cachorros, nos bezerros, nos carneiros. Foi uma balbúrdia agradável pra mim, pois todos gritavam, todos xingavam, todos estavam furiosos. Foi mais uma noite bem alegre que passamos, Médor e eu.

Refletindo depois sobre todas essas maldades, eu me censurei sinceramente, porque estava me vingando dos culpados nos inocentes. Médor me censurava, algumas vezes, e me aconselhava a ser melhor e mais indulgente. Eu não o escutava, e ficava mais e mais malvado. Mas fui bem punido por isso, como vocês verão mais tarde.

Um dia, dia de tristeza e de luto, um senhor que passava viu Médor. Chamou-o, fez um carinho nele, depois foi falar com o fazendeiro e o comprou por cem francos. O fazendeiro, que pensava ter um cachorro de pouco valor, ficou encantado. Meu amigo foi imediatamente amarrado com pedaço de corda e levado pelo novo dono, me olhando com um ar sofrido. Corri pra todos os lados procurando uma passagem na cerca, mas as brechas estavam preenchidas, e não tive nem mesmo o consolo de receber o adeus do meu querido Médor.

A partir desse dia, eu me entediei mortalmente. Foi pouco tempo depois que aconteceu a história do mercado e minha fuga pra floresta de Saint-Evroult. Durante os anos que se seguiram a essa aventura, eu pensava frequentemente no meu amigo, e quis muito reencontrá-lo,

Ela sentiu uma raiva assustadora: bateu na empregada...

mas onde procurá-lo? Fiquei sabendo que seu novo dono não morava na região, que ele só tinha vindo ver um amigo.

Quando fui levado por Jacques pra casa da avó, imaginem minha felicidade, algum tempo depois, ao ver chegar, com seu tio e seus primos Pierre e Henri, meu amigo, meu querido Médor! Foi engraçado ver a surpresa geral quando Médor correu na minha direção, me fez mil carinhos, e eu o segui pra todo lado. Pensaram que, pra Médor, era o prazer de se encontrar no campo. Pra mim, a alegria de ter um companheiro de passeio. Se pudessem nos compreender, adivinhar nossas longas conversas, teriam compreendido o que nos atraía um para o outro.

Médor ficou feliz com tudo o que lhe contei sobre minha vida calma e feliz, sobre a bondade dos meus donos, sobre minha boa e gloriosa reputação na região. Ele chorou comigo durante a narrativa das minhas tristes aventuras e riu, embora me censurando, dos golpes que apliquei no fazendeiro que tinha me comprado do pai de Georget. Tremeu de orgulho com a narrativa do meu triunfo na corrida dos burros, sofreu com a ingratidão dos pais de Pauline e derramou algumas lágrimas com a triste sorte daquela criança.

17. AS CRIANÇAS DA ESCOLA

Médor tinha se distanciado um dia da casa em que tinha nascido e onde vivia bem feliz. Perseguia um gato que tinha tirado dele um pedaço de carne dada pelo cozinheiro. Achavam que a carne já estava meio passada. Médor, que não era tão delicado, a tinha pegado e colocado perto de sua casinha quando o gato, escondido, se lançou sobre ela e a levou. Não era comum que meu amigo tivesse acesso a uma refeição tão deliciosa. Ele correu o quanto pôde atrás do ladrão e o teria pegado logo se o danado do gato não tivesse tido a ideia de subir em uma árvore.

Médor não podia segui-lo até lá em cima. Então, foi obrigado a ver o safado devorar o excelente pedaço de carne roubado. Justamente irritado com tal afronta, ele permaneceu ao pé da árvore, latindo, rosnando e fazendo mil acusações. Seus

O gato se refugiou no alto da árvore...

latidos atraíram algumas crianças que saíam da escola. Elas se uniram a Médor pra xingar o gato, e acabaram por pegar pedras e atirar nele. Foi uma verdadeira chuva de pedras. O gato se refugiou no alto da árvore, escondendo-se nas partes mais forradas pelas folhas, o que não impediu os malvados meninos de continuar seu jogo e de soltar hurras de prazer cada vez que um miado sofrido indicava que o gato havia sido atingido e ferido.

Médor começava a ficar chateado com essa brincadeira. Os miados dolorosos do gato haviam feito passar sua raiva, e ele temia que os meninos fossem muito cruéis. Então, pôs-se a latir contra eles e a puxá-los pelas blusas. Mesmo assim, os meninos continuaram a lançar pedras, inclusive no meu amigo. Enfim, um grito rouco e horrível, seguido de uma quebra nos galhos, anunciou que eles tinham conseguido: o gato estava gravemente ferido e caía da árvore.

Um minuto depois, o gato estava no chão, não apenas ferido, mas duro e morto. Sua cabeça tinha sido quebrada por uma pedra. Cruéis, os meninos comemoravam seu sucesso, em lugar de chorar por sua maldade e pelos sofrimentos que tinham feito o animal suportar. Médor olhava seu inimigo com ar de compaixão e os meninos, com um ar de reprovação. Já ia voltar pra casa quando um deles gritou:

– Vamos dar um banho de rio nele, vai ser muito engraçado!

– Boa ideia, bem pensado! Pegue o cachorro, Frédéric. Olha ele escapando.

Médor foi perseguido por esses maldosos inúteis, todos correndo o quanto podiam. Infelizmente, os meninos eram uns doze, e se espalhavam, o que obrigava Médor a correr sempre pra frente, pois quando tentava escapar deles pela direita ou pela esquerda, todos o cercavam, e isso atrasava sua fuga, no lugar de acelerá-la. Ele era bem novo, então, só tinha quatro meses. Não podia correr muito rápido nem por muito tempo, e acabou sendo pego.

Um menino agarrou Médor pelo rabo, outro pela pata, outros pelo pescoço, orelhas, barriga. E o puxavam, cada um prum lado, e se divertiam com seus ganidos. Enfim, amarraram uma corda no pescoço dele, apertando até quase estrangulá-lo. Puxando-o atrás de si, o fizeram avançar com a ajuda de chutes e, assim, chegaram até o rio. Um dos meninos ia atirar Médor na água, depois de tirar a corda, mas o maior deles gritou:

– Espera aí, me dê a corda. Vamos amarrar duas bexigas no pescoço dele pro bicho nadar. A gente puxa ele até a usina e faz ele passar debaixo da roda da turbina.

Médor se debatia em vão. O que podia fazer contra uma dúzia de moleques dos quais os mais jovens tinham pelo menos dez anos? André, o mais maldoso do bando, amarrou as duas bexigas em torno do pescoço de Médor e o lançou bem no meio do pequeno riacho.

Meu infeliz amigo, levado pela correnteza mais do que pelas cordas que seus carrascos seguravam, estava metade afogado e metade estrangulado pela corda, que a água havia encolhido. Dessa forma, ele chegou até o trecho onde a água se precipitava com violência sob a roda da turbina da usina. Uma vez sob essa roda, ele seria certamente triturado.

Os trabalhadores voltavam do almoço e se apressavam pra levantar a lâmina que retinha a água do riacho. Aquele que ia levantá-la notou Médor e se voltou pros cruéis meninos, que aguardavam, rindo, que a lâmina fosse levantada e deixasse passar o animal, e que a água o empurrasse sob a roda.

– Novamente uma de suas brincadeiras malvadas, pestes ruins! Eh! Amigos, aqui, me ajudem! Vamos dar uma correção nesses moleques que se divertem em afogar o coitado de um cachorro.

Seus companheiros acorreram, e enquanto ele salvava Médor, estendendo uma tábua na qual meu amigo subiu, os outros foram atrás dos seus torturadores. Pegaram todos e os chicotearam, uns com cordas, outros com chicotes, outros com varas. Os meninos gritavam, cada um mais alto que o outro, e então os trabalhadores batiam com mais força. Enfim, deixaram o bando ir embora – gritando, urrando e esfregando o lombo.

O salvador de Médor tinha cortado a corda que o estrangulava e deitado meu amigo sobre o feno, ao sol. Logo, Médor ficou seco e pronto para voltar pra casa. O ferreiro o levou, mas disseram que podia ficar com ele, pois já havia muitos cachorros na casa e acabariam jogando meu amigo na água, com uma pedra no pescoço, se o ferreiro não o levasse. Ele era um bom homem, teve pena de Médor e o levou consigo. Quando sua mulher viu o cachorro, começou a reclamar, dizendo que seu marido iria arruiná-la, que ela não tinha como alimentar um animal inútil e que, ainda por cima, era necessário pagar o imposto sobre cachorros.

A mulher gritou e se lamentou tão alto que o marido, pra ter paz, se livrou de Médor, dando-o ao malvado fazendeiro com o qual eu já vivia e que estava precisando de um cão de guarda.

Foi assim que Médor e eu nos conhecemos, foi por tudo o que contei que nos tornamos tão amigos.

Bateram neles com cordas...

18. O BATIZADO

Pierre e Camille iam ser padrinho e madrinha de uma menina que tinha acabado de nascer cuja mãe tinha sido babá de Camille.

Camille queria que sua afilhada recebesse seu nome.

– De jeito nenhum – disse Pierre. – Já que sou o padrinho, tenho o direito de lhe dar um nome, e vou chamá-la de Pierrette.

– Pierrette?! Mas é um nome horrendo! De jeito nenhum. Não quero que ela se chame Pierrete. Ela se chamará Camille. Eu sou a madrinha e tenho o direito de lhe dar o meu nome.[2]

– Não, é o padrinho que tem mais direitos, e vou lhe dar o nome de Pierrette.

– Se ela se chamar Pierrette, não quero mais ser madrinha.

---

[2] Antigamente, era costume os padrinhos escolherem o nome dos afilhados. (N.T.)

– E se se chamar Camille, não quero mais ser padrinho.

– Está bem! Faça como quiser. Vou pedir ao papai pra ser padrinho no seu lugar.

– E eu, senhorita, vou pedir a mamãe pra ser madrinha no seu lugar.

– Em primeiro lugar, tenho certeza de que minha tia não vai querer que ela se chame Pierrette. É horrendo e ridículo!

– E eu tenho certeza de que meu tio não vai querer que ela se chame Camille. É horrível e bobo!

– Então, como é que me deram o nome de Camille? Vai dizer a eles que é um nome horrível e bobo, vai, meu bem, e vai ver como será bem recebido...

– Diga o que quiser, mas eu não vou ser padrinho de uma Camille.

– Papai – Camille disse, maliciosamente, correndo na direção do pai. – Quer ser padrinho da pequena Camille comigo?

– Que Camille, gatinha? Só conheço uma Camille: você.

– É a minha afilhada, papai, quero lhe dar o nome de Camille quando ela for batizada, hoje.

– Mas Pierre é que deve ser o padrinho com você. Nunca são dois padrinhos.

– Papai, Pierre não quer mais ser padrinho.

– Não quer mais? Por que esse capricho?

– Porque ele acha o nome Camille horrível e bobo, e quer chamá-la de Pierrette.

– Pierrette! Mas esse nome é que seria horrível e bobo!

– Foi o que eu disse, papai, mas ele não quer concordar comigo.

– Escute, minha filha, trate de se entender com seu primo. Mas, se ele insistir em só ser padrinho se puder dar o nome de Pierrette à menina, então eu o substituo de bom grado.

No mesmo instante que Camille conversava com seu pai, Pierre falava com sua mãe:

– Mamãe, você pode substituir Camille e ser madrinha da neném que vai ser batizada hoje?

– Mas por que substituir Camille? A babá pediu que ela fosse a madrinha...

– É porque ela quer que a menininha se chame Camille. Eu acho esse nome muito feio e, como sou o padrinho, quero que ela se chame Pierrette.

– Pierrette! Mas é um nome horrendo! Tanto quanto Pierre é bonito, Pierrette é ridículo!

– Oh! Mamãe, eu imploro, deixe-me chamá-la de Pierrette... Em primeiro lugar, não quero que se chame Camille.

– Mas, se nenhum de vocês quer ceder, como vão resolver isso?

– Por isso, mamãe, vim lhe pedir para substituir Camille, pra chamar a neném de Pierrette.

– Pierre! Vou ser franca com você. Eu também não quero Pierrette, porque é um nome ridículo. Além disso, a mãe da criança foi babá de Camille, e não sua, e, se você pensar bem, é principalmente Camille que ela quer ter como madrinha da filha. Acho até que ela vai ficar contente que a criança receba o nome de Camille.

– Então não quero mais ser padrinho.

Camille aproximou-se no mesmo instante.

– Então: decidiu, Pierre? Vamos sair daqui a uma hora, precisamos de um padrinho.

– Aceito que não se chame Pierrette, mas não quero que se chame Camille.

– Já que você cedeu em relação a Pierrette, eu também quero ceder em relação a Camille. Vem, vamos fazer uma coisa. Vamos perguntar à minha babá que nome ela quer dar pra sua filha!

– Ótimo! Pergunte a ela.

Camille saiu correndo e logo voltou:

– Pierre, Pierre, minha babá quer que sua filha se chame Marie-Camille.

– Você perguntou a ela se não podíamos dar o nome de Pierrette, já que eu sou padrinho?

– Sim, eu perguntei. Ela começou a rir, mamãe também. Disseram que é impossível, que Pierrette é muito feio.

Pierre enrubesceu um pouco. Entretanto, como ele mesmo começava a achar que Pierrette soava ridículo, não disse nada e suspirou.

– Onde estão os confeitos? – perguntou, mudando de assunto.

– Em um grande cesto que vamos levar para a igreja. Vamos deixar aqui as caixas e os pacotes. Está tudo pronto, vem ver quanta coisa tem!

Os dois correram até uma pequena sala onde tudo estava preparado.

– Por que todas essas moedas? – quis saber Pierre. – São quase na mesma quantidade que os confeitos.

– É pra jogar pras crianças da escola.

– Como assim, pras crianças da escola? Nós vamos à escola depois do batizado?

– Claro que não. É pra jogar da porta da igreja. Todas as crianças da vila são reunidas, nós jogamos pra cima punhados de confeitos e moedas, elas agarram e recolhem tudo no chão. É o costume.

– Você já viu jogarem confeitos?

– Não, nunca, mas dizem que é muito divertido – contou Camille.

– Acho que não vou gostar disso. Com certeza, as crianças brigam, se machucam. Além disso, não gosto que sejam atirados confeitos pras crianças como se elas fossem cachorros.

– Camille, Pierre, venham ver, a neném está chegando! Vamos partir logo – gritou Madeleine, toda ofegante.

Saíram todos correndo pra ver primeiro a neném.

– Oh, nossa afilhada é linda! – exclamou Pierre.

– É mesmo! Ela está maravilhosa com esse vestido bordado, a touca de renda, a manta de seda rosa. – concordou Camille.

– Foi você quem deu tudo isso? – perguntou Pierre.

– Ah, não! Eu não tinha dinheiro suficiente. Foi mamãe quem pagou tudo, menos a touca, que comprei com meu dinheiro.

Todos estavam prontos para a partida. Embora o tempo estivesse bom, a carruagem estava atrelada pra levar o bebê com sua ama, o padrinho e a madrinha. Camille e Pierre estavam orgulhosos de se encontrarem, no carro, como gente grande, sem os pais.

Partiram. Eu esperava, atrelado à charrete das crianças. Louis, Henriette, Jacques e Jeanne entraram. Madeleine e Elisabeth sentaram na frente, pra conduzir, e Henri subiu atrás. As mães, os pais e as babás saíram, uns após outros, pra estarem perto de nós em caso de acidente, mas isso era excesso de prudência, porque, comigo, eles sabiam que não havia nada a temer.

Parti a galope, apesar da carga que puxava. Meu amor-próprio me levava a alcançar e mesmo a ultrapassar a carruagem. Eu ia como o vento, e as crianças estavam encantadas e gritavam:

– Bravo! Coragem, Cadichon! Mais depressa! Viva Cadichon, o rei dos burros!

E batiam palmas, aplaudiam. As pessoas que eu ultrapassava pelo caminho comentavam:

– Bravo! Vejam, é um burro! E corre como um cavalo! Vamos, burro corajoso! Boa sorte! E nada de cair, hein!

Os pais e as mães, postados ao longo do caminho, não estavam muito seguros. Queriam que eu fosse mais devagar, mas eu não os escutava e galopava ainda mais. Não demorei a alcançar a carruagem e passei triunfalmente pelos cavalos, que me olhavam surpresos. Sentiram-se humilhados, eles, que tinham partido antes, ao se verem ultrapassados por um burro. E também quiseram começar a galopar, mas o cocheiro os reteve e foram obrigados a diminuir o passo, enquanto eu aumentava o meu.

Quando a carruagem parou na porta da igreja, todos os meus pequenos donos já tinham descido, e eu já tinha me arranjado perto de uma cerca para conseguir sombra, pois sentia calor, estava ofegante.

À medida que os pais chegavam, admiravam minha velocidade e cumprimentavam as crianças pela condução da charrete.

O fato é que causávamos boa impressão, minha charrete e eu. Eu estava bem escovado e bem penteado, minha sela estava encerada, envernizada, enfeitada de pompons vermelhos; sobre minhas orelhas, tinham colocado dálias vermelhas e brancas. A charrete estava escovada, encerada. Ambos tínhamos uma aparência excelente.

Pela janela aberta, escutei a cerimônia do batizado. O bebê chorou como se estivesse sendo degolado. Camille e Pierre, um pouco embaraçados com sua responsabilidade, se atrapalharam ao dizer o *Credo*. O pároco foi obrigado a soprar pra eles. Dei uma olhada pela janela. Vi a madrinha e o padrinho vermelhos como cerejas e com lágrimas nos olhos. Contudo, o que acontecia com eles era bem natural, e acontece a muitos adultos.

Quando a pequena Marie-Camille estava batizada, as pessoas saíram da igreja pra jogar confeitos e moedas às crianças, que esperavam na porta. Assim que o padrinho e a madrinha apareceram, as crianças gritaram: – Viva o padrinho! Viva a madrinha!

O cesto de confeitos estava pronto. Entregaram-no a Camille, enquanto davam a Pierre o cesto de moedas. Camille pegou um punhado e fez cair como chuva sobre as crianças. Aí, começou uma verdadeira batalha, uma verdadeira cena de cachorros famintos. As crianças disputavam cada confeito e cada centavo. Mais da metade se perdeu na grama. Pierre não ria. Camille, que tinha rido no começo, não ria mais. Percebera que as brigas eram sérias, que muitas crianças choravam, outras tinham o rosto arranhado.

Aí, começou uma verdadeira batalha...

Quando subiram na carruagem, Camille comentou:

– Você tinha razão, Pierre. Da próxima vez que for madrinha, vou entregar os confeitos às crianças, não atirá-los pra elas.

– Também não vou jogar as moedas – disse Pierre. – Vou entregá-los, como você diz.

A carruagem partiu, e não ouvi a sequência da conversa.

Meus passageiros subiram novamente na minha charrete. Mas, dessa vez, os pais e as mães quiseram nos acompanhar.

– Cadichon já teve seu momento – disse a mãe de Camille –, ele pode voltar mais devagar, o que nos permitirá fazer o caminho com vocês.

– Mamãe – disse Madeleine –, você gosta desse costume de jogar confeitos e moedas pras crianças?

– Não, minha querida, acho horroroso. As crianças ficam iguais a cachorros que brigam por um osso. Se alguma vez eu for madrinha aqui na região, vou fazer com que os confeitos sejam distribuídos, e vou doar aos pobres o dinheiro que a gente troca por centavos que, em grande parte, se perdem.

– Você tem razão, mamãe – disse Madeleine. – Por favor, tente fazer com que eu também seja madrinha, pra eu fazer a mesma coisa.

– Pra ser madrinha, é preciso que haja uma criança pra batizar, e eu não conheço nenhuma. – disse, sorrindo, a mãe de Madeleine.

– Que pena! Eu seria madrinha junto com Henri... Que nome você daria ao seu afilhado, Henri?

– Henri, como deve ser. E você?

– Eu o chamaria de Madelon.

– Que horror! Madelon! Em primeiro lugar, isso não é um nome...

– É um nome tanto quanto Pierrette.

– Pierrette é mais bonito. E, depois, você viu que Pierre acabou cedendo.

– Eu poderia ceder também – disse Madeleine, sorrindo –, mas teremos tempo pra pensar.

Chegamos ao casarão. Cada um desceu da charrete e foi tirar suas belas roupas. Também tiraram meus pompons, minhas dálias, e fui comer minha grama enquanto as crianças comiam sua merenda.

19. O BURRO SÁBIO

Um dia, vi crianças correndo na direção do prado onde eu pastava tranquilamente, bem perto do casarão. Louis e Jacques foram brincar junto de mim e se divertiam em pular agilmente no meu dorso. Eles se achavam hábeis como os domadores de touros, mas eram, devo confessar, um pouco desengonçados, sobretudo o querido Jacques, gordinho, bochechudo, mais atarracado e menor que seu primo.

Algumas vezes, agarrando-se ao meu rabo, Louis conseguia montar (ele dizia "se lançar") no meu dorso. Na vez dele, Jacques fazia esforços prodigiosos pra conseguir fazer igual, mas o gordinho rolava, tombava, resfolegava e só conseguia com a ajuda do primo, pouco mais velho que ele. Para lhes poupar tamanha fadiga, eu tinha me colocado perto de um pequeno monte de terra. Louis já tinha mostrado sua agilidade, Jacques acabava de montar, sem muito esforço, quando vimos chegar correndo o resto do grupo:

– Jacques, Louis – gritavam, alegres. – Vamos nos divertir muito: vamos à feira depois de amanhã, e veremos um burro sábio.

– Um burro sábio? Mas o que é um burro sábio?

– É um burro que faz todos os tipos de truque – explicou Elisabeth.

– Que truques?

– Truques... mais truques... truques, enfim – Madeleine tentou explicar.

– Aposto que ele não se compara a Cadichon – Jacques retrucou.

– Ah, Cadichon! Ele é muito bom e muito inteligente pra um burro, mas não vai saber fazer o que faz o burro sábio da feira – disse Henri.

– Tenho certeza de que, se a gente ensinar, ele faz – afirmou Camille.

– Vamos primeiro ver o que faz o tal burro sábio, pra ver se ele é mais esperto do que Cadichon – sugeriu Pierre.

– Pierre tem razão, vamos esperar até depois da feira – concordou Camille.

– E o que vamos fazer depois da feira? – perguntou Elisabeth.

– Nós discutiremos! – disse Madeleine, rindo.

Jacques e Louis, que tinham cochichado entre si, ficaram em silêncio até que os primos fossem embora. Quando tiveram certeza de não estarem sendo vistos ou ouvidos, começaram a dançar em volta de mim, rindo e cantando:

Cadichon, Cadichon,
à feira tu irás,
o burro sábio tu verás,
o que ele faz, assistirás
e como ele tu farás.
Teus donos tu honrarás,
o mundo te aplaudirá,
e de ti vamos nos orgulhar.
Cadichon, Cadichon,
mostre do que és capaz!

– É muito bonito o que estamos cantando! – disse Jacques, parando de repente.

– São versos: eu também acho lindo! – disse Louis.

– Versos? Pensei que fosse difícil fazer versos...
Louis, então, recitou:

Muito fácil, como tu vês,
Nada difícil, como tu crês.

E disse:
– Viu? De novo!
– Vamos correndo contar pros primos – chamou Jacques.
– Não, não! Se eles escutam os versos, vão adivinhar o que queremos fazer. É melhor surpreendê-los na feira mesmo.
– Mas você acha que papai e meu tio vão deixar a gente levar Cadichon à feira?
– Claro, depois que a gente contar a eles, em segredo, porque queremos que Cadichon veja o burro sábio. – afirmou Louis.
– Então, vamos logo pedir a eles!
Correram pra casa. Os pais estavam justamente vindo ver o que os dois estavam fazendo.
– Papai, papai! Queremos pedir uma coisa pra vocês!
– O quê?
– Aqui não, papai, aqui não – disseram com ar misterioso, cada um puxando seu pai pro gramado.
– O que é que há? – disse rindo o pai de Louis. – Em que conspiração vocês querem nos meter?
– Psiu, papai, fale baixo! – pediu Louis. – É o seguinte: você sabe que depois de amanhã vão mostrar um burro sábio na feira?
– Não, não sabia. Mas o que temos a ver com burros sábios, já que temos Cadichon?!
– É exatamente isso o que a gente quer dizer, papai. Cadichon é mais sábio que todos eles. Minhas irmãs e meus primos vão à feira ver o tal burro, e Jacques e eu queremos levar Cadichon: ele vê o que o burro faz e faz a mesma coisa!
– Como? Vocês vão meter Cadichon no meio da multidão pra assistir ao burro? – perguntou o pai de Jacques.
– É, papai, em vez de ir na carroça, com os outros, a gente vai montado no Cadichon. Lá, a gente fica bem perto do lugar onde o burro sábio vai fazer seus truques – explicou Jacques.

— Bem, não vejo problema, mas não acredito que Cadichon aprenda grande coisa somente com uma lição...

— Cadichon, não é verdade que você vai fazer tão bem quanto o imbecil do burro sábio? — Jacques perguntou, me olhando com um ar tão preocupado que comecei a zurrar pra tranquilizá-lo, ao mesmo tempo que ria de sua preocupação.

— Vê, papai? Cadichon diz que sim — gritou Jacques, triunfante.

Os pais desataram a rir, abraçaram seus filhos e se foram, prometendo que eu iria, sim, à feira com os meninos, e que iriam junto com a gente. Eu disse comigo:

"Ah! Duvidam da minha habilidade! É impressionante que os meninos sejam mais inteligentes do que os pais!"

O dia da feira chegou. Uma hora antes da partida, fizeram em mim uma toalete completa: eles me lustraram, me escovaram até minha paciência quase acabar e me colocaram uma sela e uma rédea totalmente novas. Louis e Jacques pediram pra partir um pouco antes, pra não chegarem atrasados.

— Por que estão saindo mais cedo? — perguntou Henri. Como é que vão?

— Vamos montando Cadichon e estamos saindo antes porque vamos bem devagar — respondeu Louis.

— Vão sozinhos, os dois? — estranhou Henri.

— Não, papai e meu tio vão conosco — explicou Jacques.

— Vai ser bem enfadonho fazer uma légua andando que nem tartaruga... — comentou Henri.

— Ah, com os pais indo junto, a gente não vai se entediar, não... — Louis garantiu.

— Pois eu prefiro ir na carruagem, vamos chegar bem antes de vocês — afirmou Henri.

— Não vão, não, porque a gente vai sair muito antes.

Quando acabaram a conversa, me levaram todo selado e embonecado. Os pais estavam prontos, colocaram os meninos em cima de mim e saí suavemente, pra não fazer os pais correrem.

Uma hora depois, chegamos à feira. Já havia muita gente perto do círculo, delimitado por uma corda, onde o burro sábio devia mostrar tudo o que sabia fazer. Os pais dos meus amiguinhos conseguiram colocar nós três bem perto da corda. Meus outros donos chegaram logo e ficaram perto de nós.

Um som de tambor anunciou que meu colega sábio ia aparecer. Todos os olhos estavam fixos na porteira. Finalmente, ela se abriu e o burro sábio apareceu. Era magro, parecia fraco e tinha o ar triste e infeliz. Seu dono o chamou. Ele se aproximou devagar, com um ar amedrontado. Percebi então que o animal havia sido espancado pra aprender o que sabia.

– Senhoras e senhores – disse o apresentador. – Tenho a honra de apresentar-vos Mirliflore, o príncipe dos burros. Este burro, senhores, senhoras, não é tão burro quanto seus companheiros. É um burro sábio, mais inteligente que muitos de vocês. É um burro de excelência, que não possui nenhum semelhante. Vamos, Mirliflore, mostre o que sabe fazer! Primeiro, cumprimente estes senhores e estas damas, como um burro bem educado.

Eu era orgulhoso, e aquele discurso me deu raiva. Resolvi me vingar antes do fim do espetáculo.

Mirliflore avançou três passos e cumprimentou com a cabeça, com um ar queixoso.

– Vai, Mirliflore, leve este buquê até a mais bela dama da sociedade.

Ri ao ver todas as mãos femininas se estenderem, preparando-se pra receber o buquê. Mirliflore fez a volta do círculo e parou diante de

Senhoras e senhores – disse o apresentador...

uma mulher gorda e feia, que depois eu soube ser a mulher do dono. Mirliflore entregou-lhe as flores.

Essa falta de gosto me indignou. Pulei pra dentro do círculo, por cima da corda, pra grande surpresa de todos. Saudei graciosamente os da frente, os de trás, os da direita, os da esquerda. Depois, marchei, decidido, na direção da mulher gorda, arranquei o buquê das mãos dela e fui depositá-lo sobre os joelhos de Camille.

Voltei ao meu lugar sob os aplausos do público. Todos se perguntavam o que significava aquilo. Algumas pessoas acharam que estava tudo combinado antes, e que havia dois burros sábios, em vez de um. Outros, que me viam com meus patrõezinhos e que me conheciam, estavam encantados com minha inteligência.

O dono de Mirliflore parecia bem contrariado, e Mirliflore parecia indiferente ao meu triunfo. Eu começava a achar que ele era realmente bobo, o que é muito raro entre nós, burros. Quando fizeram silêncio, o dono chamou novamente:

– Venha, Mirliflore, mostre a estas damas e cavalheiros que, além de saber distinguir a beleza, você sabe reconhecer a burrice. Pegue este chapéu e coloque na cabeça do mais idiota da plateia.

Depositei o buquê sobre os joelhos de Camille...

Aproveitei a queda pra enfiar o chapéu na sua cabeça...

E estendeu um magnífico chapéu de burro enfeitado de sininhos e fitas de todas as cores. Mirliflore o pegou com os dentes e se dirigiu a um menino gordo e vermelho, que abaixou a cabeça pra receber o chapéu. Era fácil perceber, pela semelhança com a gorda escolhida como a mais bela da sociedade, que o gordinho era filho e comparsa do apresentador. Pensei:

"É agora o momento de me vingar dos insultos desse imbecil."

E, antes que pensassem em me deter, pulei novamente na arena, corri até meu colega, agarrei o chapéu de burro no momento em que ele o colocava na cabeça do gordinho e, antes que o dono tivesse tempo de perceber, corri até ele, coloquei minhas patas dianteiras sobre seus ombros e tentei colocar o chapéu em sua cabeça. Ele me empurrou com violência e ficou mais furioso ainda quando as risadas misturadas com aplausos explodiram de todos os lados.

— Bravo, burro! — gritavam. — É ele o verdadeiro burro sábio!

Encorajado pelos aplausos da multidão, fiz um novo esforço pra colocar no dono o chapéu de burro. À medida que ele recuava, eu avançava, e nós acabamos numa corrida desenfreada, o homem tentando se livrar de todo jeito, eu correndo atrás dele sem conseguir enfiar o chapéu na sua cabeça e sem querer, entretanto, lhe fazer mal.

Enfim, fui bastante hábil e saltei nas costas dele, passando minhas patas sobre seus ombros e apoiando todo meu peso sobre ele, que caiu. Aproveitei a queda pra enfiar o chapéu na sua cabeça, e o enfiei até o queixo. E me afastei imediatamente. O homem se levantou sem ver direito e, aturdido pela queda, se pôs a rodar e a saltar. Eu, pra completar a farsa, comecei a imitá-lo de forma grotesca, rodando e saltando como ele. Às vezes interrompia essa burlesca imitação, indo zurrar no seu ouvido, depois me colocava sobre as patas de trás e saltava como ele, ora de lado, ora pra frente.

Descrever os risos, os "bravos", a vibração prazerosa do público é impossível. Jamais um burro, em todo o mundo, fez tamanho sucesso, teve tal triunfo. A arena foi invadida por milhares de pessoas que queriam me tocar, me acariciar, me ver de perto. Aqueles que me conheciam estavam orgulhosos, falavam meu nome pros que não me conheciam, contavam um monte de histórias, verdadeiras e falsas, nas quais eu tinha um desempenho magnífico.

Uma vez, disseram, eu apaguei um incêndio fazendo funcionar, sozinho, uma bomba de água. Eu tinha subido a um terceiro andar, aberto a porta da minha dona e a retirado dormindo do seu leito, e, como as chamas invadiam as escadas e janelas, eu tinha me lançado do terceiro andar, após ter colocado minha dona sobre o meu dorso. Nem ela nem eu ficamos feridos, porque o anjo da guarda de minha dona havia nos sustentado no ar pra nos fazer descer bem docemente.

Outra vez eu, sozinho, havia matado cinquenta bandidos, estrangulando-os um a um com uma só dentada, de forma que nenhum deles teve tempo de se levantar e dar o alarme pros comparsas. Eu tinha em seguida libertado, das cavernas, cento e cinquenta prisioneiros que os ladrões haviam acorrentado pra engordá-los e comê-los. Uma outra vez, enfim, eu ganhara uma corrida com os melhores cavalos da região. Em cinco horas, tinha feito vinte e cinco léguas sem parar.

À medida que essas notícias se espalhavam, a admiração aumentava. As pessoas se espremiam, sufocando, em volta de mim. Os policiais tiveram que afastar a multidão. Felizmente, os pais de Louis, de Jacques e dos meus outros donos tinham levado as crianças embora desde o momento em que a multidão se amontoara ao meu redor. Tive muita dificuldade de escapar, mesmo com a ajuda dos guardas: queriam me carregar em triunfo. Fui obrigado, pra evitar essa honra, a distribuir umas dentadas e até a dar alguns coices, mas tive o cuidado de não ferir ninguém, era apenas pra assustar e abrir passagem.

Uma vez desembaraçado da multidão, procurei Louis e Jacques, mas não os encontrei em nenhuma parte. Eu não queria, contudo, que meus queridos patrõezinhos voltassem a pé pra casa. Sem perder tempo procurando-os, corri até a estrebaria onde sempre eram deixados nossos cavalos e nossos arreios. Ali também não os encontrei. Tinham ido embora. Então, correndo a toda pela estrada que levava ao casarão, não demorei a alcançar as carruagens, nas quais estavam empilhadas as crianças sobre os pais: eram quinze nas duas pequenas carruagens.

– Cadichon! Olha o Cadichon! – gritaram as crianças quando me viram.

As carruagens pararam. Jacques e Louis desceram pra me abraçar, me cumprimentar e voltar a pé. Em seguida, vieram Jeanne e Henriette, depois, Pierre e Henri e, por fim, Elisabeth, Madeleine e Camille.

– Viram – falaram Louis e Jacques – como nós conhecemos melhor que vocês o espírito de Cadichon? Viram como ele foi inteligente?

Os policiais tiveram que afastar a multidão.

Como ele entendeu logo os truques daquele tolo Mirliflore e do imbecil do seu dono?!

– É verdade – disse Pierre –, mas eu gostaria muito de saber por que ele quis tanto enfiar o chapéu de burro na cabeça do dono. Será que ele compreendeu que o dono era um idiota e que o chapéu de burro é símbolo de estupidez?

– Com certeza, ele compreendeu! Tem inteligência suficiente pra isso – afirmou Camille.

– Ah! Ah! Ah! Você diz isso porque ele lhe deu o buquê como a mais bonita da plateia! – riu Elisabeth.

– De jeito nenhum! Nem pensei nisso! Mas, agora que você tocou no assunto, eu me lembro de ter ficado admirada. Gostaria que ele fosse entregar o buquê pra mamãe, ela é que era a mais bela da plateia! – contou Camille.

– Mas você a representava! E acho que, depois de minha tia, o burro não poderia ter escolhido melhor – disse Pierre.

– E eu? Então, eu sou feia? – perguntou Madeleine.

– Claro que não, mas cada um tem um gosto, e o de Cadichon fez com que ele escolhesse Camille – respondeu Pierre.

– Em vez de falar de bonitas e feias, a gente devia era perguntar a Cadichon como ele pôde compreender tão bem o que aquele homem dizia – sugeriu Elisabeth.

– Que pena que Cadichon não pode falar! Ia nos contar histórias incríveis! – lamentou Henriette.

– Quem sabe ele nos compreende? Eu, por exemplo, li as *Memórias de uma boneca*. Uma boneca lá tem cara de quem vê e compreende? Pois essa boneca contou que entendia tudo, que via tudo.

– E você acredita nisso? – perguntou Henri.

– Claro que acredito! – respondeu Elisabeth.

– Como a boneca fez pra escrever? – perguntou Henri.

– Ela escrevia à noite, com uma pluma bem pequena de colibri, e escondia as memórias debaixo da sua caminha – contou Elisabeth.

– Você não deve acreditar nessas bobagens, Elisabeth! Foi uma mulher que escreveu as *Memórias de uma boneca*! E, pra tornar o livro mais divertido, ela fez de conta que era a boneca e escreveu como se fosse ela – disse Madeleine.

– Você acha, então, que não foi uma verdadeira boneca que escreveu? – perguntou Elisabeth.

– Claro que não. Como você quer que uma boneca, que não é viva, que é feita de madeira ou de pano preenchido com farelo, possa pensar, ver, escutar, escrever?! – retrucou Camille.

Conversando, chegamos ao casarão. As crianças correram para a avó, que tinha ficado em casa, e contaram tudo o que eu tinha feito e o quanto eu tinha impressionado e encantado todo mundo.

– Mas é realmente maravilhoso, esse Cadichon! – exclamou a avó, vindo me acariciar. – Conheci burros muito inteligentes, mais inteligentes do que qualquer outro animal, mas nunca tinha visto um como Cadichon! É preciso admitir que somos muito injustos no que diz respeito aos burros.

Eu me virei pra ela com um olhar de reconhecimento.

– Vejam, parece que ele me compreendeu –, ela continuou. – Querido Cadichon, enquanto eu viver, prometo que não o venderei e que vou fazer com que cuidem de você como se você compreendesse tudo o que acontece ao seu redor!

Suspirei, pensando na idade da minha velha dona. Ela tinha cinquenta e nove anos, e eu, apenas nove ou dez... Pensei, então, comigo mesmo:

"Queridos patrõezinhos, quando sua avó morrer, fiquem comigo, eu imploro, não me vendam, e me deixem morrer servindo a vocês!".

Quanto ao infeliz dono do burro sábio, mais tarde eu me arrependi amargamente do golpe que tinha dado nele. Vocês vão ficar sabendo o mal que fiz ao querer mostrar o quanto era inteligente.

20. A RÃ

Aquele menino convencido que matou meu amigo Médor tinha sido perdoado, provavelmente por ter apelado de forma aviltante, e permitiram que voltasse a frequentar o casarão da vovó. Eu não conseguia aceitar isso, como podem imaginar, e aguardava uma ocasião pra lhe pregar uma peça, porque eu não era nada caridoso e ainda não havia aprendido a perdoar.

O tal de Auguste era covarde e falava sempre da própria coragem. Um dia, seu pai o havia trazido pra uma visita, e os meninos tinham sugerido uma caminhada pelo parque. Camille, que corria um pouco na frente, de repente deu um salto pro lado e gritou.

– Que foi? – gritou Pierre, correndo até ela.

– Fiquei com medo de uma rã que saltou no meu pé.

– Você tem medo de rãs, Camille? Eu não tenho medo de nada, de nenhum animal – disse Auguste.

– Por que, então, outro dia, você pulou quando disseram que tinha uma aranha no seu braço? – quis saber Camille.

– Porque eu não tinha entendido o que vocês diziam – explicou Auguste.

– Como assim, não tinha entendido? Era tão fácil de entender – disse Camille.

– Claro, eu tinha entendido, mas achei que vocês diziam: "Olha uma aranha ali!", e pulei pra ver melhor, foi isso.

– Por favor! Isso não é verdade, pois você implorou: "Pierre, tire isso daqui, pelo amor de Deus!".

– Eu queria dizer: "Retire-se, pra eu ver melhor".

– Ele está mentindo –, Madeleine cochichou pra Camille.

– Eu sei – cochichou Camille.

Eu escutava a conversa e tirava proveito dela, como veremos. As crianças se sentaram na grama, e fui atrás delas. Chegando perto, vi uma pequena rã verde, da espécie que sobe em árvores. Estava perto de Auguste, cujo bolso entreaberto tornava mais fácil o que eu planejava. Me aproximei sem fazer barulho, peguei a rãzinha por uma pata e a coloquei no bolso do pequeno fanfarrão. Em seguida, me afastei, pra Auguste não adivinhar que eu é que lhe tinha dado aquele belo presente.

Eu não escutava direito o que eles conversavam, mas percebia que Auguste continuava a se vangloriar de não ter medo de nada, nem mesmo de leões. As crianças estavam morrendo de rir, quando ele precisou assoar

O inimigo está dando no pé!

o nariz. Ele enfiou a mão no bolso e a tirou imediatamente, soltando um grito de terror. Levantou-se num pulo, gritando:

– Tire! Tire isso daqui, pelo amor de Deus! Tire isso, eu morro de medo! Socorro, me ajudem!

– O que é que há, Auguste? – perguntou Camille meio rindo, meio assustada.

– Um bicho, um bicho! Tire ele daqui, por favor!

– Que bicho? Cadê ele? – perguntou Pierre.

– Aqui! No meu bolso! Eu encostei nele! Tire, tire! Eu tenho medo, não consigo!

– Tire você mesmo, seu covarde! – respondeu Henri, indignado.

– Olha só! Ele tem medo de um bicho que está no seu bolso, e quer que a gente tire?! Se ele mesmo não consegue nem tocar no bicho! – comentou Elisabeth.

Apesar de um pouco assustadas, as crianças acabaram rindo das contorções de Auguste, que não sabia como se livrar da rãzinha. Ele a sentia esperneando e subindo dentro do bolso. Seu pavor aumentava a cada movimento da rã. Enfim, perdendo a cabeça, louco de terror, não encontrou outro meio de se livrar do animal, que sentia remexer e que não ousava tocar, a não ser tirar suas roupas e jogá-las no chão, ficando somente com as roupas de baixo. As crianças desataram a rir e se precipitaram sobre as roupas. Henri entreabriu o bolso de trás. A rã prisioneira, vendo a luz do dia, se lançou pela abertura estreita, e todos puderam ver uma linda rãzinha assustada, espantada, que saltava com pressa de se colocar em segurança.

– O inimigo está dando no pé! – disse Camille, rindo.

– Cuidado pra ele não correr atrás de você! – ironizou Pierre.

– Não se aproxime, ele pode devorar você! – zombou Henri.

– Nada mais perigoso do que uma rãzinha de árvore! – foi a vez de Madeleine.

– Se fosse um leão, Auguste se jogava sobre ele, mas uma rã! Toda a coragem do nosso amigo não poderia defendê-lo de suas garras! – falou Elisabeth.

– E os dentes, que você esqueceu?! – lembrou Louis.

Jacques, apanhando a rã, virou-se pra Auguste:

– Pode recolher sua roupa. O inimigo está preso, veja!

Auguste continuava envergonhado e imóvel diante dos risos e zombarias das crianças.

– Vamos vesti-lo! – gritou Pierre –, ele não tem forças pra colocar as roupas.

– Cuidado pra uma mosca ou um mosquito não pousar em cima – avisou Henri. – Seria um novo risco a correr...

Auguste quis fugir, mas todos os meninos correram atrás dele. Pierre, segurando as roupas que havia recolhido, e os outros, perseguindo o fujão e bloqueando a passagem. Foi uma perseguição muito divertida pra todo mundo, menos pra Auguste, que, vermelho de vergonha e raiva, corria pra direita, pra esquerda, e de todo lado encontrava um "inimigo".

Eu participava do jogo, galopava na frente e atrás dele, aumentando seu pavor com meus zurros e minhas tentativas de pegá-lo pelos fundilhos das cuecas. Uma vez eu o peguei, mas ele deu um puxão tão forte, que um pedaço de pano ficou nos meus dentes, o que duplicou os risos das crianças. Enfim, consegui agarrá-lo firmemente. Ele soltou um grito que me fez acreditar que eu tinha nos dentes mais alguma coisa além do pedaço da cueca.

Bruscamente, ele parou. Pierre e Henri vieram correndo. Auguste ainda quis se debater contra os esforços dos meninos, mas eu o puxei ligeiramente, o que o fez soltar um segundo grito e o deixou manso como uma ovelha. Ele não se mexia mais do que uma estátua enquanto Pierre e Henri lhe enfiavam as roupas. Eu o larguei assim que não tiveram mais necessidade da minha ajuda, e me distanciei levando no coração o prazer de tê-lo tornado ridículo. Ele nunca soube como aquela rã tinha entrado no seu bolso e, depois desse dia abençoado, ele nunca mais ousou falar de sua coragem... diante das crianças.

21. O PÔNEI

Minha sede de vingança deveria estar saciada, mas não estava. Eu conservava contra o infeliz Auguste um sentimento de ódio que me fez cometer uma nova maldade, da qual me arrependi muito, depois. Após a história da rã, nós ficamos livres dele durante quase um mês. Mas um dia seu pai o trouxe novamente, o que não deixou ninguém feliz.

– O que vamos fazer pra distrair esse menino? – perguntou Pierre a Camille.

– Proponha uma corrida de burros na mata. Henri monta Cadichon, Auguste fica com o burro da fazenda e você monta seu pônei – sugeriu Camille.

– Boa ideia, se ele estiver de acordo!

– Claro que ele vai querer! Mande selar o pônei e os burros. Quando eles estiverem prontos, você faz Auguste montar – aconselhou Camille.

Pierre foi procurar Auguste, que fazia raiva em Louis e Jacques, querendo ajudá-los com conselhos pra embelezar o pequeno jardim dos meninos.

Auguste desarrumava tudo, arrancava os legumes, replantava as flores, cortava os morangueiros e semeava a desordem por todo o lugar. Louis e Jacques tentavam detê-lo, mas ele os repelia com chutes, com um golpe de pá, e, quando Pierre chegou, encontrou os dois chorando sobre o que restava de suas flores e seus legumes.

– Por que está atormentando meus primos pequenos? – perguntou Pierre com ar contrariado.

– Não estou atormentando, só ajudando – respondeu Auguste.

– Mesmo se eles não querem ser ajudados?

– É preciso fazer o bem, mesmo se eles não querem – disse Auguste.

– É porque é duas vezes maior que a gente que ele faz isso. Com você e Henri, ele não teria coragem – disse Louis.

– Eu não teria coragem?! Não repita isso, garotinho! – ameaçou Auguste.

– Não, você não teria coragem! Pierre e Henri são mais fortes do que uma rãzinha, eu acho – zombou Jacques.

Ao ouvir a palavra *rã*, Auguste enrubesceu, levantou os ombros em sinal de desdém e perguntou a Pierre:

– O que quer, querido amigo? Você parecia estar me procurando.

– Vim propor a você um passeio nos burros – respondeu Pierre friamente. – Eles vão ficar prontos em um quarto de hora. Quer vir, comigo e com Henri, fazer um passeio no bosque?

– Claro, nada melhor que isso! – replicou Auguste apressadamente, encantado por escapar ao sarcasmo de Jacques e de Louis.

Pierre e Auguste foram até a estrebaria, onde pediram ao cocheiro que me selasse, e também o pônei e meu colega da fazenda.

– Ah! Vocês têm um pônei! Eu adoro os pôneis – comentou Auguste.

– Foi a vovó que me deu – contou Pierre.

– Então você sabe montar a cavalo?

– Sim, eu monto no haras há dois anos.

– Gostaria muito de montar o seu pônei – disse Auguste.

– Não aconselho, se você não aprendeu a montar a cavalo.

– Não aprendi, mas monto tão bem quanto qualquer pessoa.

– Mas você já treinou? – perguntou Pierre.

– Muitas vezes. Quem é que não sabe montar a cavalo?

– Então, quando foi que você montou? Seu pai não tem cavalo de sela...

– Não montei em cavalos, mas já montei em burros, é a mesma coisa.

Pierre, retendo um sorriso, disse:

– Repito, caro Auguste, que, se nunca montou a cavalo, não o aconselho a montar um pônei.

– Mas por quê? Você pode muito bem me emprestar só uma vez – respondeu Auguste, irritado.

– Não, não é isso, é que o pônei é um pouco esperto demais e...

– E daí?!

– Daí que... ele pode jogá-lo no chão.

Muito irritado, Auguste declarou:

– Fique tranquilo, sou mais hábil do que você pensa. Se me emprestar o pônei, vou saber conduzi-lo tão bem quanto qualquer um.

– Como quiser, meu caro. Pegue o pônei: eu monto o burro da fazenda e Henri monta Cadichon.

Henri chegou, estávamos prontos pra partir. Auguste se aproximou do pônei, que se agitou um pouco e deu dois ou três pequenos saltos. Auguste o olhou com um ar inquieto.

– Segure bem até que eu esteja em cima dele – pediu.

– Não há perigo, senhor. O animal não é perigoso, o senhor não precisa ter medo – disse o cocheiro.

Auguste retrucou, irritado:

– Eu não estou com medo! Por acaso pareço estar, logo eu, que não tenho medo de nada?!

– Menos das rãzinhas... – falou Henri ao ouvido de Pierre.

– O que disse, Henri? O que você cochichou aí?

– Oh! Nada interessante, pensei ter visto uma rãzinha lá embaixo, na grama... – respondeu Henri, malicioso.

Auguste mordeu os lábios, ficou vermelho, mas não respondeu. Montou no pônei e puxou a rédea. O pônei recuou. Auguste se agarrou na sela.

– Não puxe, senhor, não puxe. Não se conduz um cavalo como se conduz um burro – disse, rindo, o cocheiro.

Auguste soltou a rédea. Eu saí primeiro, com Henri. Pierre nos seguiu em Grison, o burro da fazenda. Maldoso, comecei a galopar. O pônei tentava me ultrapassar, e eu corria mais ainda. Pierre e Henri riam. Auguste gritava e se agarrava na crina do pônei. Todos nós corríamos, e eu estava decidido a só parar quando Auguste estivesse caído no chão. O pônei, excitado pelos risos e gritos, não demorou a me ultrapassar. Eu o segui de perto, mordendo seu rabo quando ele parecia querer diminuir o passo.

Galopamos assim durante um longo quarto de hora. Auguste, quase caindo a cada passo e se segurando sempre no pescoço do cavalo. Pra apressar sua queda, dei uma dentada mais forte no rabo do pônei, que começou a dar coices com tanta força que, no primeiro, Auguste se viu montado no pescoço do bicho, no segundo, passou por cima da cabeça da sua montaria, caiu sobre o gramado e ficou estendido, sem movimento. Pierre e Henri, achando que ele estava ferido, saltaram e acudiram pra levantá-lo.

– Auguste, Auguste, você está bem? – perguntaram, preocupados.

– Acho que não... não sei... – respondeu Auguste, que tentou se levantar, tremendo por causa do susto que tinha passado.

Quando conseguiu ficar de pé, suas pernas dobravam, seus dentes batiam. Pierre e Henri o examinaram e, não encontrando nem arranhões nem feridas, olharam pra ele com pena e repugnância.

– É triste ser covarde desse jeito – disse Pierre.

– Eu... não... não sou... covarde... Eu só... eu só tive... medo... – balbuciou Auguste, ainda batendo os dentes.

– Espero que não insista mais em montar meu pônei – acrescentou Pierre. – Fique com meu burro, vou pegar meu cavalo.

E, sem esperar resposta de Auguste, montou rapidamente no pônei.

– Eu preferia Cadichon – disse Auguste tristemente.

– Como quiser – disse Henri. – Fique com Cadichon. Eu monto Grison.

Meu primeiro impulso foi impedir aquele menino horrível de me montar. Mas tive outra ideia, que tornaria completa a tarde dele e que atendia melhor à minha aversão e à minha maldade. Assim, me deixei montar tranquilamente pelo inimigo e segui o pônei de longe. Se Auguste tivesse ousado me bater pra andar mais depressa, eu o teria jogado por terra, mas ele sabia da amizade que meus donos tinham por mim e me deixou avançar como eu queria. Tive cuidado, ao longo da passagem pela mata, de passar bem perto dos arbustos espinhentos e sobretudo dos grandes espinheiros, pra que o rosto do meu cavaleiro fosse fustigado pelos galhos desses arbustos. Ele reclamou pra Henri, que respondeu friamente:

– Cadichon só conduz mal as pessoas de quem não gosta. Provavelmente, você não caiu nas boas graças dele.

Logo retomamos o caminho de casa. O passeio não estava agradando a Henri e Pierre, que escutavam Auguste choramingar sem parar quando novos galhos vinham fustigar seu rosto. Ele estava arranhado de fazer gosto, e eu tinha razões pra acreditar que não se divertia mais do que seus companheiros... Meu horrível plano ia se realizar. Voltando pela fazenda, nós margeamos um buraco, ou melhor, um fosso no qual desembocava o cano de esgoto que trazia as águas engorduradas e sujas da cozinha. Caía ali todo tipo de imundície, que, apodrecendo na água suja da louça, formavam uma lama preta e fedorenta. Eu tinha deixado Pierre e Henri passarem na frente. Chegando perto do fosso, dei um salto e um coice perto da borda que lançaram Auguste bem no meio da lama. Tranquilo, fiquei vendo-o chafurdar naquela lama escura e infecta que o cegava.

Ele quis gritar, mas a água suja lhe entrava pela boca. Ele tinha lama até as orelhas, e não conseguia encontrar a margem. Eu ria por dentro:

"Médor, Médor, você está vingado!"

Não pensava no mal que podia fazer a esse menino que, ao matar Médor, tinha cometido um erro, uma inabilidade, e não uma maldade. Não imaginava que era eu o mais malvado dos dois.

Finalmente, Pierre e Henri – que tinham apeado e, não vendo nem eu nem Auguste, se preocuparam com nosso atraso –, voltaram atrás e viram que eu estava na beirada do fosso, contemplando com ar satisfeito o inimigo que chafurdava. Eles se aproximaram e, vendo que Auguste corria um sério risco de ser sufocado pela lama, gritaram ao vê-lo naquela situação horrível. Chamaram logo os meninos da fazenda, que estenderam uma vara na qual Auguste se agarrou e que foi puxada com ele junto. Quando chegou à terra firme, ninguém queria se aproximar dele: estava coberto de lama e cheirava muito mal.

Chamaram os meninos da fazenda...

Puxaram a vara com Auguste na ponta...

– A gente precisa avisar o pai dele – disse Pierre.

– E papai e os tios – disse Henri –, pra nos dizerem o que fazer pra limpar Auguste.

– Vem, Auguste, siga a gente, mas de longe – chamou Pierre –, essa lama solta um cheiro insuportável.

Envergonhado, preto de lama, mal conseguindo enxergar, Auguste os seguia de longe. Ouviam-se exclamações das pessoas da fazenda. Eu ia na frente de todos, saltando, correndo e zurrando com todas as minhas forças. Pierre e Henri pareciam descontentes com minha alegria, e gritavam pra que eu me calasse. O barulho inabitual chamou a atenção da casa. Reconhecendo minha voz e sabendo que eu zurrava assim somente em grandes ocasiões, foram todos pras janelas, de forma que, quando chegamos na frente do casarão, elas estavam repletas de olhares curiosos, e houve gritos e um movimento extraordinário. Pouco depois, todo mundo, grandes e pequenos, velhos e jovens, tinham descido e formavam um círculo em torno de nós, Auguste no meio, todos perguntando o que ele tinha e ele evitando toda aproximação.

A avó foi a primeira a dizer:

– É preciso dar um banho nesse menino e ver se ele não tem algum ferimento.

– Mas como? – perguntou o pai de Pierre.

– Eu cuido disso – disse o pai de Auguste. – Venha comigo, Auguste. Pelo seu andar, vejo que não tem nem ferida nem contusão. Vamos até a lagoa, você vai afundar nela e, quando tiver tirado a lama, você se ensaboará e conseguirá se limpar. A água não é fria nesta época. Pierre empresta roupas pra você se vestir.

E se dirigiu à lagoa. Auguste, que tinha medo do pai, foi obrigado a segui-lo. Corri até lá pra assistir a operação, que foi longa e penosa. A lama, colante e oleosa, grudava na pele, nos cabelos. Os empregados trouxeram toalha, sabão, roupas, sapatos. Os pais ajudaram a lavar Auguste, que saiu de lá meia hora depois, quase limpo, mas tremendo de frio e tão envergonhado que não queria ser visto, e conseguiu que o pai o levasse logo embora.

141

Formavam um círculo em torno de nós...

Durante esse tempo, todo mundo queria saber como o acidente tinha acontecido. Pierre e Henri contaram sobre as duas quedas.

– Eu acho – disse Pierre –, que as duas foram provocadas por Cadichon, que não gosta de Auguste. Cadichon mordeu o rabo do meu pônei, o que nunca faz quando um de nós está montado nele. Com isso, forçou o pônei a galopar muito rápido. O bicho deu um coice, e foi o que fez Auguste cair. Eu não estava perto na segunda queda, mas, pelo ar triunfante de Cadichon, seus zurros felizes e pela atitude dele até agora, é fácil adivinhar que jogou de propósito na lama esse Auguste que tanto detesta.

– Como você sabe que ele o detesta? – perguntou Madeleine.

– Ele demonstra isso de mil maneiras – respondeu Pierre. – Lembra como, no dia da rã, Cadichon perseguiu Auguste? Como o agarrou pelos fundilhos da cueca e como o segurava enquanto o vestíamos? Reparei bem na fisionomia de Cadichon nesse momento, ele tinha um ar malvado quando olhava pra Auguste que só vi nele quando olha as pessoas que detesta. Pra nós, ele não olha dessa forma. Com Auguste, seus olhos brilham como carvão. Ele fica, na verdade, com o olhar de um demônio. Não é, Cadichon? – acrescentou, me olhando fixamente. – Não é verdade, Cadichon, que adivinhei certo? Que você detesta o Auguste e que foi de propósito que foi tão mau pra ele?

Respondi zurrando e lambendo a mão dele.

– Sabe – disse Camille – que Cadichon é um burro realmente extraordinário? Tenho certeza de que compreende o que a gente fala.

Ele saiu de lá quase limpo...

Olhei pra ela com doçura e, chegando perto, pus a cabeça em seu ombro.

– Que pena, Cadichon – disse Camille –, que você esteja ficando cada vez mais bravo e malvado, e que nos obriga a gostar cada vez menos de você. E que pena que não possa escrever! Você deve ter visto muitas coisas interessantes – continuou ela, acariciando minha cabeça e meu pescoço. – Se você pudesse escrever suas memórias, tenho certeza de que elas seriam bem divertidas!

– Minha Camille, que besteira você está dizendo! Como quer que Cadichon, que é um burro, possa escrever memórias? – disse Henri.

– Um burro como Cadichon é um burro especial – respondeu Camille.

– Ah! Todos os burros se parecem e não são outra coisa senão burros – retrucou Henri.

– Há burros... e burros! – sentenciou Camille.

– O que não impede que, pra dizer que um homem é estúpido, ignorante e teimoso, a gente fale: "Estúpido como um burro, ignorante como um burro, teimoso como um burro" E, se você dissesse: "Henri, você é um burro", eu iria me aborrecer, porque certamente iria tomar isso como ofensa.

– Você tem razão... Mas eu sinto e vejo que Cadichon compreende muitas coisas, que ele nos ama, e que tem uma inteligência extraordinária. E também que os burros só são "burros" porque nós o tratamos como burros, quer dizer, com dureza e mesmo com crueldade, e que por isso eles não podem amar seus donos nem servi-los bem – disse Camille.

– Então, pra você, foi por habilidade que Cadichon ajudou a descobrir os ladrões? E que ele faz tantas coisas que parecem extraordinárias? – perguntou Henri.

– Claro! Foi por inteligência, e porque ele queria, que Cadichon fez prender os ladrões. Por que ele teria feito isso, na sua opinião?

– Porque ele tinha visto, de manhã, seus camaradas entrarem no subterrâneo e queria unir-se a eles.

– E os truques do burro sábio?

– Inveja e maldade.

– E a corrida de burros?

– Orgulho de burro.

– E o incêndio, quando ele salvou Pauline?

– Foi por instinto.

– Ah, cala a boca, Henri, você me faz perder a paciência!

– Mas eu gosto muito de Cadichon, garanto. Só que eu o vejo como o que ele é, um burro, e você acha que ele é um gênio. Pense que, se ele realmente tem a inteligência e a vontade que você supõe, então ele é maldoso e detestável.

– Como assim?

– Levando ao ridículo o burro sábio e seu dono, Cadichon impediu que ganhassem o dinheiro de que precisavam pra se alimentar. Depois, fazendo mil maldades com Auguste, que nunca lhe fez nada e, por fim, fazendo-se temer e detestar por todos os animais, que ele morde e escoiceia.

– Isso é verdade! Você tem razão, Henri. Eu prefiro acreditar, para a honra de Cadichon, que ele não tem consciência do que faz, do mal que faz.

Camille se afastou correndo com Henri, me deixando sozinho e contrariado com o que tinha acabado de ouvir. Eu sentia que Henri tinha razão, mas não queria reconhecer e, sobretudo, não queria mudar e reprimir os sentimentos de orgulho, de raiva e de vingança pelos quais eu tinha sempre me deixado levar.

22. A PUNIÇÃO

Fiquei sozinho até a noite. Ninguém veio me ver. Entediado, fui pra perto dos empregados domésticos, que tomavam um ar na porta da copa e conversavam.

— Se eu estivesse no lugar da madame – disse o cozinheiro –, eu me livraria desse burro.

— Ele ficou ruim demais, na verdade. Veja o que fez com Auguste: podia ter matado ou afogado o menino – disse a camareira.

— E, depois de tudo, ele ainda estava contente! Corria, saltava, zurrava como se tivesse feito uma coisa bonita – falou o criado.

— Mas ele vai pagar, ah, se vai! O jantar dele vai ser uma surra... – prometeu o cocheiro.

— Toma cuidado: se a madame perceber... – avisou o criado.

— E como ela iria saber? Você acha que eu vou chicotear o burro na frente da madame? Vou esperar que ele esteja na estrebaria – retrucou o cocheiro.

— Pode ser que você tenha que esperar muito tempo. Esse animal faz o que quer, às vezes volta muito tarde – disse o criado.

— Ah! Mas, se ele me aborrecer muito, vou fazer ele voltar à força, não tenham dúvida!

— Como vai fazer isso? Esse maldito burro vai zurrar do jeito que só ele faz e acordar toda a casa – comentou o criado.

— Deixa comigo! Eu corto o apito dele, ninguém vai ouvir nem ele respirar... – garantiu o cocheiro.

E desataram a rir. Eu os achei bem maus. Estava com raiva e procurava um jeito de escapar do castigo que me ameaçava. Gostaria de ter pulado sobre eles e mordido todos, mas não tive coragem, de medo que fossem se queixar pra minha dona. E eu temia que, cansada das minhas maldades, ela pudesse me expulsar da casa.

Enquanto eu pensava isso, a arrumadeira chamou a atenção do cocheiro pro meu olhar agressivo.

Ele sacudiu a cabeça, levantou-se, entrou na cozinha, depois saiu como se fosse para o estábulo – e, passando diante de mim, me lançou no pescoço um nó corrediço. Puxei pra trás, tentando rompê-lo, e ele me puxou pra frente. Cada um puxava pro seu lado, mas, quanto mais puxávamos, mais a corda me estrangulava.

Desde o primeiro momento eu tinha tentado zurrar, mas nada: eu mal podia respirar, e cedia, forçado, à tração do cocheiro. Ele me levou assim até a estrebaria, cuja porta foi aberta pelos outros empregados. Uma vez na baia, colocaram meu cabresto, relaxaram a corda que me estrangulava, e o cocheiro, depois de fechar cuidadosamente a porta, pegou um chicote de carroceiro e começou a me bater impiedosamente, sem que ninguém me defendesse. Tentei zurrar, me debater, mas meus jovens donos não me escutaram, e o maldoso cocheiro pôde me fazer expiar como queria as maldades das quais me acusava. Finalmente, ele me deixou, num estado de dor e de abatimento impossível de descrever. Era a primeira vez, desde minha chegada àquela casa, que eu tinha sido humilhado e espancado. Mais tarde, refleti e reconheci que tinha atraído essa punição.

No dia seguinte, já era tarde quando me fizeram sair. Tive muita vontade de morder o cocheiro na cara, mas me contive, como na véspera,

Quanto mais puxávamos, mais a corda me estrangulava.

Ele pegou um chicote de carroceiro...

pelo temor de ser expulso. Fui até a casa. As crianças estavam reunidas diante da escadaria, conversando com animação.

– Aí está o malvado Cadichon – disse Pierre, vendo eu me aproximar. – Vamos expulsá-lo, ele pode morder ou dar um golpe baixo na gente, como fez outro dia com o infeliz do Auguste.

– O que foi que o médico disse ao papai? – Camille.

– Que Auguste está muito doente. Tem febre, delírios – contou Pierre.

– O que é delírio? – perguntou Jacques.

– Quando a gente tem uma febre muito forte, a gente não sabe mais o que está falando, não reconhece ninguém, acha que está vendo uma porção de coisas que não existem... Isso é delírio – explicou Pierre.

– O que é que Auguste está vendo, então? – perguntou Louis.

– Ele acha que está vendo Cadichon, que o burro vai pular nele, que o morde, que pisa nele... O médico está muito preocupado. Papai e os tios foram visitá-lo – disse Pierre.

– Que feio o que Cadichon fez com o Auguste! Jogá-lo naquele buraco nojento! – comentou Madeleine.

– É, foi muito feio, senhor! – gritou Jacques, olhando pra mim. – Vai embora, você é muito malvado! Não gosto mais de você.

Eu estava abalado. Todos, até meu pequeno Jacques, que sempre gostou tanto de mim, todos me rejeitavam.

Lentamente, me afastei alguns passos, me virei e olhei pra eles com um ar tão triste que Jacques ficou tocado. Correu pra mim, segurou minha cabeça e me disse, com voz carinhosa:

– Escuta, Cadichon, nós não estamos gostando de você agora, mas, se você se comportar, garanto que vamos gostar como antes.

– Não, como antes, nunca mais! – gritaram as outras crianças. – Vá embora, a gente não o quer mais!

– Está vendo, Cadichon? Olha no que dá ser mau – disse o pequeno Jacques, acariciando meu pescoço. Ninguém mais quer gostar de você. Mas – acrescentou ao meu ouvido –, eu ainda o amo um pouco e, se você não for mais malvado, vou amá-lo muito, como antes.

– Toma cuidado, Jacques, não se aproxime demais: se ele lhe dá uma dentada ou um coice, vai deixar você muito mal – recomendou Henri.

– Não tem perigo, tenho certeza de que a gente ele não vai morder.

– Por que não? Ele jogou Auguste duas vezes no chão!

– Oh! Mas Auguste é outra coisa, Cadichon não gosta dele.

– E por que não gosta? O que Auguste fez pra ele? Ele pode muito bem, um belo dia, nos detestar também...

Jacques não respondeu, pois não havia de fato nada a responder. Mas sacudiu a cabeça e, voltando-se, me fez uma pequena e amistosa carícia que me tocou até às lágrimas. O abandono de todos os outros tornou ainda mais preciosas essas demonstrações de afeto do meu pequeno Jacques, e, pela primeira vez, um pensamento sincero de arrependimento se introduziu no meu coração. Pensei, com preocupação, na doença do infeliz Auguste. À tarde, soube que ele estava ainda pior, que o médico temia seriamente pela vida dele. Meus jovens donos foram até lá à noitinha. As primas esperaram impacientemente a volta deles.

– Ele acha que está vendo Cadichon, que o burro vai pular nele...

– E então? E então? – perguntaram ao avistar os meninos. – Quais são as novidades? Como vai Auguste?

– Nada bem – respondeu Pierre –, mas um pouco menos mal.

– O pai dele dá pena: chora, soluça, pede a Deus pra deixar o filho com ele. Diz coisas tão tocantes que não consegui evitar o choro – contou Henri.

– Vamos rezar com ele e por ele na nossa prece da noite, não é, gente?

– Claro, e de todo o coração! – foi a resposta geral.

– Pobre Auguste! E se ele morrer?! – lamentou Madeleine.

– O pai vai enlouquecer de sofrimento, ele não tem outro filho – disse Camille.

– E onde está a mãe de Auguste? A gente nunca a vê... – lembrou Elisabeth.

– Seria incrível se a gente visse, pois ela morreu há dez anos – comentou Pierre.

– E o estranho é que a coitada morreu por ter caído na água durante um passeio de barco – contou Henri.

– Como? Ela se afogou?

– Não, foi rapidamente retirada, mas fazia tanto calor, e ela tinha sido de tal forma atingida pelo frio da água e pelo pavor, que teve febre alta e delírios, exatamente como Auguste. Morreu oito dias depois – disse Pierre.

– Meu Deus! Tomara que não aconteça o mesmo com Auguste! – disse Camille.

– Por isso é que a gente precisa rezar muito, quem sabe Deus nos ouve... – disse Elisabeth.

– Ué, onde está Jacques? – perguntou Madeleine.

– Estava aqui até agora mesmo, deve ter entrado – disse Camille.

Jacques não tinha entrado na casa. Estava de joelhos atrás de uma caixa e, com a testa escondida nas mãos, rezava e chorava. E era eu que tinha causado a doença de Auguste, o desespero do infeliz pai e, por fim, o sofrimento do meu pequeno Jacques! Esse pensamento me entristeceu. Disse a mim mesmo que não devia ter vingado Médor. Eu me perguntava:

"De que adiantou pra ele a queda de Auguste? Médor tinha voltado pra mim? A vingança me serviu pra outra coisa senão ser temido e detestado?"

Esperei com impaciência o dia seguinte, pra ter notícias de Auguste. Fui um dos primeiros, porque Jacques e Louis mandaram me atrelar na pequena carroça pra ir até lá.

Ao chegar, encontramos um empregado que corria pra chamar o médico. Auguste tinha passado uma noite ruim e acabava de ter uma convulsão que tinha assustado seu pai. Jacques e Louis esperaram o médico, que não demorou a chegar e que prometeu dar notícias quando saísse de lá.

Uma meia hora depois ele desceu a escadaria.

– E então? E então, Doutor Tudoux, como está Auguste?

– Nada mal, nada mal, meninos! Não tão mal quanto eu temia – respondeu o médico, calmamente.

– Mas... e essas convulsões? Isso não é perigoso? – perguntou Louis.

– Como está Auguste?

– Não, foi consequência de uma irritação nervosa e de uma grande agitação. Dei a ele uma pílula que vai acalmá-lo, não vai acontecer nada de mais grave.

– Então, o senhor não está preocupado? Não acha que ele vai morrer? – perguntou Jacques.

– Não, não, não! A situação não vai ficar mais grave, de jeito nenhum.

– Que notícia ótima! Obrigado, Doutor Tudoux! Adeus, a gente vai embora bem depressa pra tranquilizar nossos primos.

– Esperem! Esperem um minuto. O burro que está levando vocês não é o Cadichon?

– Sim, é Cadichon.

– Então tomem cuidado, ele pode muito bem jogar vocês num fosso, como fez com Auguste. Diga à sua avó que é melhor vendê-lo, é um animal perigoso.

O médico se despediu e se foi. Fiquei tão espantado e humilhado que só me pus a caminho quando os meninos já tinham repetido três vezes:

– Vamos, Cadichon, ande!... Ande, Cadichon, estamos com pressa! Você vai fazer a gente dormir aqui, Cadichon? Eia! Eia!

Parti, finalmente, e galopei direto até a escadaria, onde primos, primas, tios, tias, pais e mães aguardavam.

– Ele está melhor! – gritaram Jacques e Louis, e começaram a contar a conversa com o Doutor Tudoux, sem esquecer o último conselho.

Eu esperava com grande impaciência a decisão da avó. Ela refletiu um instante:

– É certo, crianças, que Cadichon não merece mais nossa confiança. Peço aos mais jovens pra não montá-lo mais. Na primeira besteira que ele fizer, vou dá-lo ao moleiro, pra carregar sacos de farinha. Mas ainda quero testar Cadichon antes de condená-lo a essa humilhação. Talvez ele se corrija. Daqui a alguns meses, veremos.

Eu estava cada vez mais triste, humilhado e arrependido, mas não podia reparar o mal que tinha feito a mim mesmo senão com a força da paciência, da doçura e do tempo. Eu começava a ser atingido no meu orgulho e nos meus afetos.

As notícias sobre Auguste foram melhores no dia seguinte. Pouco tempo depois, ele já estava convalescendo, e não falavam mais do assunto no casarão. Mas eu não pude esquecer, pois ouvia constantemente:

– Tome cuidado com Cadichon! Lembre-se de Auguste!

23. A TRANSFORMAÇÃO

Desde o dia em que feri o rosto de Auguste por galopar perto dos espinhos e, em seguida, o joguei na lama, a mudança no comportamento dos meus pequenos donos, de seus pais, das pessoas da casa era visível. Mesmo os animais não me tratavam como antes, pareciam me evitar. Quando eu chegava, eles se afastavam ou se calavam. Eu já disse, a propósito de meu amigo Médor, que nós, animais, nos compreendemos mesmo sem falar como os homens, que os movimentos dos olhos, das orelhas, do rabo, entre nós, substituem as palavras. Eu sabia muito bem o que tinha causado essa mudança, e isso me irritava mais do que me afligia. Um dia, eu estava sozinho como sempre, deitado ao pé de um pinheiro, quando vi Henri e Elisabeth se aproximarem. Eles se sentaram e continuavam a conversar.

– Acho, Henri, que você tem razão – disse Elisabeth –, e compartilho seus sentimentos.

Eu também não amo mais Cadichon depois de ele ter sido tão ruim com Auguste.

– E não é apenas Auguste. Você se lembra da feira de Laigle, quando ele foi tão maldoso com o dono do burro sábio?

– Rá! Rá! Rá! Sim, eu me lembro muito bem. Foi engraçado! Todo mundo ria, mas mesmo assim a gente achou que ele tinha demonstrado inteligência, mas não coração.

– É verdade! Ele humilhou aquele burro e seu dono. Disseram que o infeliz tinha sido obrigado a partir sem receber nada, porque todo mundo zombava dele. Sua mulher e seus filhos choravam, não tinham o que comer.

– E foi culpa de Cadichon.

– Claro! Sem ele, o homem teria ganhado o suficiente pra viverem algumas semanas.

– E, depois, lembra o que nos contaram sobre as maldades que ele fez com seu antigo dono? Ele comia os legumes, quebrava os ovos, sujava a roupa limpa... É, estou com você: não gosto mais de Cadichon – disse Elisabeth.

Os dois se levantaram e continuaram seu passeio. Fiquei triste e humilhado. No começo, eu quis me aborrecer e imaginar uma pequena vingança, mas raciocinei e vi que eles tinham razão. Eu sempre me vinguei, e pra que me serviram essas vinganças? Pra me deixar infeliz.

Primeiro, quebrei os dentes, os braços e machuquei o estômago de uma das minhas donas. Se não tivesse tido a felicidade de escapar, eu teria sido espancado até quase morrer.

Fiz mil maldades ao meu outro dono, que foi bom pra mim enquanto eu não era preguiçoso e maldoso. Depois, ele me maltratou muito, e eu fui muito infeliz.

Quando Auguste matou meu amigo Médor, não percebi que ele tinha feito isso por inabilidade, e não por maldade. Se ele era estúpido, não era culpa dele – mesmo assim, eu persegui o infeliz e acabei deixando-o muito doente ao jogá-lo no poço de lama podre.

Além disso, quantas pequenas maldades eu fiz que não contei!

Por tudo isso, ninguém mais me amava. Eu estava só. Ninguém chegava perto pra me consolar, me acariciar... Até mesmo os animais fugiam de mim.

Eu me perguntava tristemente:

"O que eu faço? Se pudesse falar, eu diria a todos que estou arrependido, que peço perdão a quem fiz mal, que eu serei bom e doce no futuro... Mas... eu não falo, não posso me fazer compreender."

Joguei-me sobre a grama e chorei, não como os homens, que soltam lágrimas, mas lá no fundo do meu coração. Gemi e chorei pela minha infelicidade e, pela primeira vez, me arrependi sinceramente.

"Ah! Se eu tivesse sido bom! Se, em vez de querer mostrar somente minha inteligência, eu tivesse mostrado bondade, doçura, paciência! Se eu tivesse sido pra todo mundo o que eu tinha sido pra Pauline! Como me amariam! Como eu seria feliz!"

Refleti por muito, muito tempo. Ora tinha bons projetos, ora planos maldosos.

Enfim, decidi me tornar bom, de forma a reconquistar a amizade de todos os meus donos e meus camaradas. Resolvi pôr em prática, imediatamente, minhas boas resoluções.

Havia algum tempo, tinha um camarada que eu tratava bem mal. Era um burro comprado pros meus donos mais jovens montarem, aqueles que tinham medo de mim, depois que eu quase afoguei Auguste. Apenas os grandes não me temiam. Mesmo assim, quando havia uma caminhada de burros, o pequeno Jacques era o único que sempre me queria, enquanto antes todos brigavam pra ficar comigo.

Eu desprezava esse camarada. Passava sempre na frente dele, o escoiceava e mordia se tentasse me ultrapassar. O animal acabou por sempre me ceder o primeiro lugar e se submeter a todas as minhas vontades.

Nessa noite, quando chegou a hora de voltar pro estábulo, eu cheguei perto da porta quase ao mesmo tempo que meu camarada. Ele se afastou amavelmente pra me deixar entrar em primeiro lugar, mas, como tinha chegado alguns passos antes de mim, eu me detive e fiz sinal pra ele passar. O burro obedeceu tremendo, preocupado com minha gentileza e receando que eu o tivesse feito entrar antes pra lhe dar uma mordida ou um chute. Ele ficou muito espantado de se encontrar são e salvo dentro da baia, ao me ver instalado pacificamente dentro da minha.

Notando seu espanto, eu disse:

– Amigo, eu fui maldoso com você, mas não vou ser mais. Eu era arrogante, não serei mais, eu o desprezei, humilhei, maltratei, não farei isso de novo. Perdoe-me, irmão, e no futuro veja em mim um camarada, um amigo.

– Obrigado, amigo, respondeu o burro todo alegre. Eu estava infeliz, ficarei feliz; eu estava triste, ficarei alegre; eu me sentia sozinho, me sentirei amado e protegido. Obrigado mais uma vez, amigo; goste de mim, pois eu já gosto de você.

– Eu é que devo agradecer, porque fui mau, e você me perdoa. Eu volto a ter bons sentimentos, e você me aceita. Quero ser seu amigo, e você me oferece sua amizade. Sim, é minha vez de dizer obrigado, amigo.

E, enquanto comíamos nosso jantar, continuamos a conversar. Era a primeira vez, porque eu nunca tinha me dignado a falar com ele. E o achei bem melhor, bem mais sensato do que eu, e lhe pedi pra me apoiar no meu novo caminho, e ele me prometeu com afeição e modéstia.

Os cavalos, testemunhas de nossa conversa e de minha doçura inabitual, se olhavam e me olhavam com surpresa. Embora falassem baixo, eu escutava:

– É uma farsa de Cadichon – disse o primeiro cavalo. – Ele quer aplicar algum golpe no seu camarada.

– Pobre burro, tenho pena dele – disse o segundo cavalo. – E se a gente falasse pra ele desconfiar de seu inimigo?

– Ainda não – respondeu o primeiro. – Silêncio! Cadichon é perigoso! Se escuta o que a gente está falando, vai se vingar.

Fiquei magoado com a péssima opinião que os dois cavalos tinham sobre mim. O terceiro não tinha falado. Com a cabeça sobre a baia, ele me observava atentamente. Eu o olhava tristemente, com humildade. Ele pareceu surpreso, mas não se mexeu. Continuou em silêncio, me observando.

Fatigado do dia, abatido pela tristeza e arrependimento por minha vida pregressa, me deitei sobre a palha e notei que meu leito estava menos confortável, menos espesso que o do meu camarada. No lugar de me irritar, como teria feito antigamente, disse a mim mesmo que estava bom e justo:

"Eu fui mau e estou sendo punido. Se faço com que me detestem, me demonstram isso. Agora devo me considerar feliz de não ter sido enviado ao moinho, onde seria espancado, ficaria cansado, dormiria mal."

Gemi durante algum tempo e adormeci. Quando despertei, vi entrar o cocheiro, que me fez levantar com um chute, tirou meu cabresto e me deixou livre. Fiquei na porta e o vi, com surpresa, escovar e lustrar, cuidadosamente, meu camarada, passar sobre ele minha linda rédea enfeitada, prender em seu dorso minha sela inglesa e conduzi-lo até a escadaria. Inquieto, tremendo de emoção, eu o segui: qual não foi meu sofrimento, minha desolação, quando vi Jacques, meu pequeno dono bem amado, aproximar-se de meu camarada e montá-lo, após alguma hesitação! Fiquei imóvel, arrasado. Jacques percebeu minha tristeza, pois se aproximou de mim, me acariciou a cabeça e disse tristemente:

– Pobre Cadichon! Olha o que você fez! Não posso mais montar você: papai e mamãe têm medo que me jogue no chão. Adeus, Cadichon! Fique tranquilo, eu ainda o amo.

E partiu lentamente, seguido do cocheiro, que gritava:

– Cuidado, senhor Jacques, não fique perto de Cadichon, vai morder o senhor, vai morder, o burrico! Ele é mau, você sabe bem!

– Ele nunca foi malvado comigo e nunca será! – respondeu Jacques.

O cocheiro bateu no burro, que começou a trotar, e logo os perdi de vista. Fiquei no mesmo lugar, mergulhado no meu sofrimento. O que redobrava a intensidade dele era a impossibilidade de mostrar meu arrependimento e minhas boas intenções.

Não suportando mais o peso tenebroso que oprimia meu coração, parti correndo, sem saber aonde ia. Corri por muito tempo, quebrando cercas, saltando fossos, transpondo barreiras, atravessando riachos. Só parei na frente de um muro que eu não podia nem quebrar nem transpor.

Olhei em volta. Onde estava? Eu acreditava reconhecer a região, mas sem, contudo, poder dizer exatamente onde me encontrava. Contornei devagar o muro, nadando em suor. Eu tinha corrido durante muitas horas, a julgar pela posição do Sol. O muro acabava logo adiante. Eu o contornei e recuei com surpresa e terror. Estava a dois passos do túmulo de Pauline.

Minha dor se tornou ainda mais amarga.

"Pauline! Minha querida pequena dona! Você me amava porque eu era bom, eu a amava porque você era bondosa e infeliz. Depois de ter perdido você, encontrei outros donos bons como você, que me trataram com amizade. Eu era feliz. Mas tudo mudou. Meu mau temperamento, o desejo de fazer brilhar minha inteligência, de satisfazer meus desejos de vingança destruíram toda a minha felicidade. Ninguém me ama agora! Se eu morro, ninguém irá lamentar."

Chorei amargamente por dentro e, pela centésima vez, abominei meus defeitos. De repente, um pensamento consolador veio me devolver a coragem:

"Se me torno bom, se eu faço o mesmo tanto de bem que eu fiz de mal, talvez meus jovens donos me amem de novo. Meu querido Jacques, principalmente, que ainda me ama um pouco, me devolverá toda a sua amizade. Mas como mostrar pra eles que estou mudado e arrependido?"

Enquanto refletia sobre meu futuro, escutei passos pesados se aproximarem do muro e uma voz de homem falar com mau humor:

– Pra que chorar, seu bobo? As lágrimas não vão lhe dar o pão, não é verdade? Já eu não tenho nada pra lhe dar, o que quer que eu faça? Você acha que tenho o estômago cheio, eu, que não engoli nada desde ontem de manhã a não ser ar e poeira?

O dono de Mirliflore, sua mulher e seu filho.

– Estou muito cansado, pai.

– Então, tá! Vamos repousar quinze minutos à sombra deste muro.

Contornaram o muro e vieram se sentar perto do túmulo onde eu me encontrava. Surpreso, reconheci o dono de Mirliflore, sua mulher e seu filho. Estavam magros e pareciam extenuados.

O pai me olhou: pareceu surpreso e disse, depois de alguma hesitação:

– Se estou vendo bem, é aquele burro, o canalha do burro que me fez perder mais de cinquenta francos na feira de Laigle... Patife! – continuou ele, falando pra mim. – Você foi a causa de o meu Mirliflore ter sido feito em pedaços pela multidão! Você me impediu de ganhar uma soma de dinheiro que daria pra viver mais de um mês! Você vai me pagar, ah, se vai!

Ele se levantou e se aproximou de mim. Não tentei me afastar, sentindo que merecia a cólera daquele homem. Ele pareceu espantado.

– Então, não é ele – disse, porque não se mexe mais do que um pedaço de lenha... – Que belo burro, acrescentou, enquanto me apalpava. – Se eu pudesse tê-lo somente por um mês, não lhe faltaria pão, filho, nem pra sua mãe, e eu teria o estômago menos oco.

Minha decisão foi tomada naquele instante. Resolvi seguir aquele homem durante alguns dias, suportar tudo pra reparar o mal que havia feito e ajudá-lo a ganhar algum dinheiro pra ele e a família.

Quando se puseram a caminho, eu os segui. Não perceberam, no começo, mas o pai, tendo virado a cabeça várias vezes e me vendo sempre na sua cola, quis me mandar embora. Eu me recusava e voltava sempre pro meu lugar, perto ou atrás deles.

– É engraçado – disse o homem –, esse burro teima em nos seguir! Bom, já que isso lhe agrada, devemos deixar ele vir.

Chegando à vila, ele se apresentou a um dono de albergue e lhe pediu pra jantar e dormir, dizendo honestamente que não tinha um centavo no bolso.

– Eu já tenho mendigos da região o quanto baste, sem contar aqueles que não são daqui, meu caro – respondeu o dono do albergue. – Vai procurar abrigo em outro lugar.

Nesse momento, eu me lancei imediatamente na frente do dono do albergue e o saudei várias vezes, até ele rir.

– Você tem aí um animal que não parece bobo – disse o albergueiro, rindo. – Se quiser nos divertir com seus truques, posso muito bem dar a vocês o que comer e onde dormir.

– Isso não é de se recusar – respondeu o homem. – Vamos fazer uma apresentação, mas só quando tivermos alguma coisa no estômago. Em jejum, não se tem a voz apropriada ao comando.

– Entrem, entrem, vamos servi-los agora mesmo. Madelon, minha velha, dê jantar pra três, sem contar o burrico.

Madelon serviu uma boa sopa, que eles engoliram num piscar de olhos, depois um bom caldo com couve, que desapareceu da mesma forma, e, por fim, uma salada e queijo, que eles saborearam com menos avidez, pois a fome já estava apaziguada.

Deram pra mim um feixe de feno, que eu mal comi. Tinha o coração pesado e não sentia fome.

O albergueiro foi convocar toda a vila pra me ver fazer os cumprimentos. O pátio se encheu de gente, e eu entrei no círculo, pra onde me conduziu meu novo dono, que se encontrava bastante embaraçado, desconhecendo o que eu sabia fazer e se eu tinha recebido uma educação de burro sábio. Como quem não quer nada, ele ordenou:

– Cumprimente a plateia.

Fiz saudações à direita, pra frente, pra trás, e todo mundo aplaudiu.

– O que você vai mandar ele fazer? – disse baixinho a mulher do apresentador. Ele não vai saber o que quer dele.

– Pode ser que tenha aprendido, os burros sábios são inteligentes. Vou tentar.

– Vamos, Mirliflore (esse nome me fez suspirar), vá dar um beijo na mais linda dama da plateia.

Olhei pra direita, pra esquerda, reparei na filha do dono do albergue, linda morena de quinze a dezesseis anos que se encontrava atrás de todo mundo. Fui até ela, afastei com a cabeça aqueles que atrapalhavam a passagem e coloquei meu nariz sobre a testa da pequena, que começou a rir e pareceu contente.

– Diga aí, Pai Hutfer, você ensinou isso pra ele, não é? – disseram algumas pessoas, rindo.

– Não, juro que não – respondeu o albergueiro –, eu não esperava isso.

– Agora, Mirliflore vá buscar alguma coisa, não importa o quê: o que puder encontrar, e dê ao homem mais pobre da plateia.

Fui até a sala, onde tinham acabado de jantar, peguei um pão e, levando-o triunfalmente, coloquei-o nas mãos de meu novo dono. Riso geral. Todo mundo aplaudiu, um amigo exclamou:

– Isso não é mesmo coisa sua, Pai Hutfer. Esse burro realmente sabe o que faz, ele aproveitou bem as lições de seu dono."

– Mas você vai deixar seu pão pra ele? – alguém perguntou na multidão.

– Não, isso não – disse Hutfer. – Devolva-me o pão, homem do burro, isso não está no nosso trato.

– Está certo – respondeu o homem. – No entanto, meu burro disse a verdade ao me escolher como o homem mais pobre do grupo, porque não tínhamos comido desde ontem de manhã, minha mulher, meu filho e eu, por falta de dois centavos pra comprar um pedaço de pão.

– Deixe o pão com eles, pai – disse Henriette Hutfer. – Não nos falta nada, e Deus nos dará outro.

– Você é sempre assim, Henriette. Se lhe déssemos ouvido, daríamos tudo o que temos.

– Nós não vamos ficar mais pobres por causa disso, pai. Deus sempre abençoou nossas colheitas e nossa casa.

– Então... já que você pede... que ele fique com o pão, se desejar.

Ao ouvir isso, fui até ele e o saudei profundamente. Depois fui pegar, com os dentes, uma pequena vasilha vazia e a apresentei a cada um para que colocasse ali seu donativo. Quando acabei a rodada, a vasilha estava cheia. Fui esvaziá-la nas mãos do meu dono e a levei de volta pra onde a tinha pegado, fiz minhas saudações e me retirei, sério, sob os aplausos do povo. Tinha o coração contente, me sentia consolado e fortalecido em minhas boas resoluções. Meu novo dono parecia encantado. Já ia se retirar quando o cercaram, pedindo uma segunda apresentação no dia seguinte. Ele prometeu, apressadamente, e foi repousar na sala com a mulher e o filho.

Quando eles ficaram sozinhos, a mulher olhou pra todos os lados e, não vendo senão a mim, com a cabeça encostada sobre o parapeito da janela, disse ao marido, em voz baixa:

– Diga, homem, não é tudo muito estranho? É esquisito esse burro que aparece saído de um cemitério, persegue a gente e nos faz ganhar dinheiro. Quanto você tem aí nas mãos?

– Ainda não contei. Me ajuda, toma um punhado, eu conto o resto.

– Tenho oito francos e quatro centavos – disse a mulher depois de contar.

– E eu tenho sete e cinquenta. Isso soma... Quanto isso dá, mulher?

– Quanto dá? Oito mais quatro são treze, depois sete, são vinte e quatro, depois, cinquenta, isso dá... isso dá... algo como sessenta.

– Você é idiota mesmo! Então eu tenho sessenta francos nas mãos?! Não é possível. Vamos, filho, você que estudou, conta aqui, você deve saber.

– O que é pra somar, papai?

– Oito francos e quatro centavos mais sete francos e cinquenta.

– Oito e quatro são doze, desconta um, mais sete, fazem vinte, desconta dois, mais cinquenta, fazem... fazem... cinquenta... cinquenta e dois, descontando cinco – somou o menino, com ar decidido.

– Imbecil! Como fazem cinquenta, se eu tenho oito em uma mão e sete na outra?!

– E os cinquenta, papai?

– Você não vê, grande palerma, que são cinquenta centavos?! Centavos não são francos – disse o homem, ridicularizando-o.

– Mas, papai, ainda assim dá cinquenta.

– Grande animal!

E deu nele um tapa que ressoou por toda a casa. O menino começou a chorar. Eu estava furioso. Se o menino era ignorante, não era culpa dele. Então, pensei:

"Esse homem não merece minha piedade. Graças a mim, ele tem do que viver durante oito dias, e ainda quero que receba pela apresentação de amanhã. Depois, vou voltar pros meus donos, quem sabe me recebem com amizade?"

Saí da janela e fui comer alguns cardos que cresciam na borda de um fosso. Em seguida, entrei no estábulo do albergue, onde encontrei já vários cavalos ocupando os melhores lugares. Eu me arranjei num canto que ninguém tinha escolhido. Ali pude refletir à vontade, pois ninguém me conhecia, ninguém se ocupava de mim. No final do dia, Henriette Hutfer entrou no estábulo, verificou se cada um tinha o que era necessário e, me vendo no meu canto úmido e escuro, sem palha, sem feno nem aveia, chamou um dos meninos do estábulo:

– Ferdinand, coloque palha para esse burro, pra ele não se deitar sobre a terra úmida. Ponha diante dele uma ração de aveia e um feixe de feno e veja se não está com sede.

– Senhorita Henriette, você vai arruinar seu pai, querendo cuidar de todo mundo. O que importa pra senhorita se esse bicho dorme na dureza ou sobre a palha macia? Isso é gastar palha!

– Você não acha que sou boa demais quando é de você que eu cuido, Ferdinand. Quero que todo mundo seja bem tratado aqui, tanto os bichos quanto os homens.

– Sem contar que não são poucos os homens que a gente pode considerar bichos, ainda que andem sobre dois pés – disse Ferdinand, com ar malicioso.

– É por isso que se diz: "besta a ponto de comer feno" – respondeu Henriette, sorrindo.

– Não seria a você, senhorita, que eu serviria um feixe de feno. Você tem a inteligência... a inteligência.. e a malícia de um macaco!

– Obrigada pelo elogio, Ferdinand! O que você é, então, se eu sou um macaco?

– Ah, senhorita, eu não disse que a senhorita era um macaco! E, se me expressei mal, diga que eu sou um burro, um pepino, um ganso.

– Não, não, também não é assim, Ferdinand! Você é apenas um tagarela que fala quando devia trabalhar. Arrume a palha do burro – acrescentou com ar sério – e dê de comer e beber a ele.

Henriette saiu. Ferdinand fez, resmungando, o que tinha sido ordenado por sua jovem patroa. Ao fazer minha cama de palha, ele me deu alguns golpes de ancinho, me jogou com mau humor um feixe de feno, um punhado de aveia e pôs perto de mim um balde de água. Eu não estava amarrado. Poderia ter ido embora, mas preferi sofrer mais um pouco ainda e oferecer no dia seguinte, pra completar minha boa ação, minha segunda e última apresentação.

Com efeito, a manhã do dia seguinte já ia alta quando vieram me buscar. Meu dono me levou a uma grande praça cheia de gente. Logo cedo, haviam me anunciado ao som de tambor, o tambor da vila tinha caminhado por toda parte, anunciando:

– Esta noite, grande apresentação de Mirliflore, o burro sábio! Às oito horas, na praça em frente à prefeitura e à escola!

Repeti os truques da véspera e acrescentei danças graciosamente executadas. Valsei, dancei polca e fiz, com Ferdinand, um truque inocente: tirá-lo pra valsar zurrando diante dele e lhe estendendo a pata dianteira, como se dissesse: "Sim, sim, uma valsa com o burro!". Ele entrou no círculo, rindo, e se pôs a dar mil saltos e cambalhotas, que procurei imitar o melhor possível.

Por fim, cansado, deixei Ferdinand brincando sozinho e fui, como na

Ah, senhorita, eu não disse que a senhora era um macaco!

véspera, buscar uma vasilha. Não encontrando, peguei com os dentes uma cesta sem tampa e fiz a volta com ela, como na véspera, apresentando-a a cada um dos presentes. Ela ficou logo tão cheia que tive que esvaziá-la na blusa daquele que pensavam ser meu dono. Continuei a coleta. Quando todos tinham me dado alguma moeda, saudei a plateia e esperei meu dono contar o dinheiro que eu o tinha feito ganhar naquela noite: mais de trinta e quatro francos. Considerando que já tinha feito bastante

O tambor da vila tinha caminhado por toda parte.

por ele, que minha antiga falta estava reparada e que eu podia voltar pra casa, saudei meu dono e, abrindo caminho na multidão, parti trotando.

– Veja! Seu burrico se vai! – disse Hutfer, o albergueiro.

– Está fugindo belamente – disse Ferdinand.

Meu pretenso dono se voltou, me olhou com ar inquieto, chamou: – Mirliflore, Mirliflore! – E, vendo que eu continuava a trotar, exclamou, implorando:

– Segurem ele, segurem ele, pela graça de Deus! É meu pão, minha vida que vai com ele! Corram, peguem ele. Prometo uma nova apresentação se me trouxerem o burro de volta!

– Onde você conseguiu esse burro? – perguntou um dos homens, chamado Clouet – E desde quando tem ele?

– Desde... desde que ele é meu – respondeu meu falso dono, um pouco embaraçado.

– Sim, entendi – respondeu Clouet. – Mas desde quando ele é seu?

O homem não respondeu.

– É que parece que estou reconhecendo ele – disse Clouet. É parecido com Cadichon, o burro do casarão Herpinière. Ou eu muito me engano, ou aquele burro é Cadichon...

Parei. Escutava os cochichos, percebia o embaraço do meu dono quando, no momento em que menos esperavam, ele disparou através da multidão e correu pro lado oposto àquele em que eu ia, seguido da mulher e do filho.

Alguns quiseram correr atrás dele, outros disseram que era inútil, pois eu tinha escapado e o homem só levava o dinheiro que era dele, que eu o tinha feito ganhar honestamente.

– Quanto a Cadichon – disseram –, ele não terá problema pra encontrar seu caminho, e só se deixará pegar se quiser.

A multidão se dispersou e cada um foi pra sua casa. Retomei minha corrida, esperando chegar à casa dos meus velhos donos antes da noite. Mas havia muito caminho a percorrer, eu estava exausto, e fui obrigado a parar pra descansar a uma légua do casarão. A noite tinha chegado, os estábulos deviam estar fechados. Decidi dormir em um pequeno bosque à beira de um riacho.

Eu mal tinha me acomodado no meu leito de musgo quando escutei uns passos precavidos e uma fala baixa. Olhei, não vi nada. A noite estava muito escura. Apurei os ouvidos e acompanhei a seguinte conversa:

24. MAIS LADRÕES

– Ainda não está bastante escuro, Finot, seria mais prudente a gente se acomodar nesse bosque.

– Mas, Passe-Partout, a gente precisa de um pouco de luz pra saber onde está. Eu, pelo menos, não estudei as portas de entrada.

– Você nunca estudou nada, Finot! Foi um erro os camaradas apelidarem você de Finot: se fosse eu, teria lhe dado o nome de Pataud[3]...

– Isso não impede que seja eu que sempre tenha as boas ideias.

– Boas ideias! Isso depende. Afinal, o que é que a gente vai fazer no casarão?

– O que que a gente vai fazer? Saquear a horta da cozinha, cortar as cabeças de alcachofra, arrancar as vagens, os feijões, os nabos, as cenouras, colher as frutas. Essa é a nossa tarefa – explicou Finot.

– E depois?

---

[3] *Pataud* (pronuncia-se "Patô") significa "desajeitado", enquanto *Finot* ("Finô") remete ao adjetivo *finaud* ("finô"): "finório", "esperto". (N.T.)

– Como assim, "e depois"? A gente junta tudo, passa por cima do muro e vai vender no mercado de Moulins.

– E por onde você entrará no jardim, imbecil?

– Por cima do muro, com uma escada, claro. Você queria que eu fosse pedir gentilmente ao jardineiro a chave e as ferramentas?

– Muito engraçado! Quero saber se você marcou o lugar onde devemos subir no muro.

– Não, eu já disse, não marquei. É por isso que eu preferia chegar lá antes, pra fazer o reconhecimento.

– E se alguém o vê, o que vai dizer?

– Vou dizer... que vim pedir um copo de sidra e um pedaço de pão.

– Não, isso não está bom. Tenho uma ideia. Eu conheço o jardim. Tem um lugar em que o muro está estragado. Enfiando os pés nos buracos, eu chegaria ao alto do muro, acharia uma escada e passaria a você, pois você não é forte pra subir.

– Não, eu não tenho pisada de gato, como você.

– Mas... e se alguém vier atrapalhar a gente?

– Como você é inocente! Se alguém incomodar, eu vou saber o que fazer.

– O quê?

– Se for um cachorro, eu o degolo. Não é à toa que estou com meu facão afiado.

– E se for um homem?

– Um homem? – disse Finot, coçando a orelha. – Um homem é mais complicado. A gente não pode matar um homem como mata um cachorro. Se fosse por alguma coisa de valor, até podia ser, mas por legumes! E depois, esse casarão é cheio de gente!

– Mas, então, o que vai fazer se aparecer um homem?

– Fugir. É mais seguro.

– Você é um fraco, sabia? Se aparecer um homem, é só me chamar, eu faço o serviço.

– Você é quem sabe...

– Bem, está combinado. A gente espera a noite, vai pra perto do muro do jardim, fica num canto pra avisar se vem vindo alguém, eu subo no outro canto e passo uma escada pra você ir me encontrar.

– Certo – disse Finot.

De repente, ele se virou, prestou atenção e cochichou, inquieto:

*E se alguém o vê,
o que vai dizer?*

– Parece que alguma coisa se mexeu lá atrás. Será que tem alguém ali?

– Quem você acha que ia se esconder no bosque?! – respondeu Passe-Partout. – Você está sempre com medo! Deve ser um sapo, ou uma cobra.

Ficaram em silêncio. Eu não me mexia mais, e me perguntava o que ia fazer pra impedir os ladrões de entrar e pra prendê-los. Não podia prevenir ninguém, nem impedir a entrada deles na horta. Contudo, depois de refletir bem, tomei uma decisão que podia impedir os ladrões de agir e fazer os dois serem presos. Esperei que partissem pra poder sair. Não queria me mexer até quando não pudessem mais me ouvir.

A noite estava escura. Eu sabia que eles não podiam caminhar muito rápido e peguei um caminho mais curto, saltando sobre as cercas. Cheguei muito antes deles ao muro da horta. Conhecia a parte estragada da qual Passe-Partout havia falado e me colei ao muro, perto desse ponto. Ninguém podia me ver.

Esperei um quarto de hora. Ninguém apareceu. Finalmente, escutei passos abafados e um ligeiro cochicho. Os passos se aproximaram com precaução. Uns vinham na minha direção. Era Passe-Partout. Os outros se afastavam na direção do outro extremo do muro, do lado da porta de entrada: Finot. Eu não podia ver, mas ouvia tudo. Quando Passe-Partout chegou ao ponto onde algumas pedras caídas tinham deixado buracos bem grandes pra apoiar os pés, ele começou a escalar o muro, tateando com os pés e com as mãos. Eu não me mexia, mal respirava. Ouvia e identificava cada um dos seus movimentos.

Quando ele subiu até a altura da minha cabeça, me lancei contra o muro e o agarrei pela perna, puxando com força. Antes que tivesse tempo de perceber o que acontecia, ele estava no chão, atordoado pela queda, contundido pelas pedras.

Pra impedi-lo de gritar ou de chamar seu comparsa, dei uma bela patada na cabeça dele, o que acabou de atordoá-lo e o deixou inconsciente. Fiquei imóvel perto dele, acreditando que o comparsa viria ver o que se passava. Não demorei, com efeito, a escutar Finot avançar com cuidado. Dava alguns passos, parava, ouvia... nada... avançava de novo... Assim, chegou bem perto do companheiro, mas, como olhava sobre o muro, não o via estendido no chão, inerte.

– Psiu!...psiu! Você está com a escada? Posso subir? – chamava, em voz baixa. O outro não tinha como responder, não o ouvia.

Eu o agarrei pela perna...

Vi que ele não tinha vontade de subir, e receei que não entrasse. Era o momento de agir. Pulei sobre ele e o derrubei, puxando-o pela parte de trás da blusa. Como no outro, dei nele um bom coice na cabeça, com o mesmo resultado. Finot caiu sem sentidos perto do amigo. Então, não tendo mais nada a perder, me pus a zurrar com minha voz mais potente. Corri até a casa do jardineiro, aos estábulos, ao casarão, zurrando com tal violência, que todo mundo acordou. Alguns homens, os mais corajosos, saíram com armas e lanternas. Corri até eles e os conduzi, correndo na frente, pra perto dos dois ladrões estendidos ao pé do muro.

– Dois homens mortos! O que quer dizer isso? – exclamou o pai de Pierre.

– Não estão mortos, eles respiram – disse o pai de Jacques.

– Um ali gemeu – disse o jardineiro.

—Vejam! Sangue! Um ferimento na testa! – foi a vez do cocheiro.

– No outro também, o mesmo ferimento! Parece ser de coice de cavalo ou burro – mostrou o pai de Pierre.

– É mesmo, veja a marca do ferro na testa – apontou o pai de Jacques.

– O que os senhores ordenam? O que que a gente faz com esses homens? – perguntou o cocheiro.

– É melhor levá-los até a casa, atrelar a carroça e ir buscar o médico. Enquanto esperamos o médico, nós nos encarregamos de fazê-los voltar à consciência.

O jardineiro trouxe uma maca. Colocaram os feridos nela e os levaram a um grande quarto que servia pra guardar laranjas durante o inverno. Os dois continuavam sem se mexer.

– Não conheço essas caras aí – disse o jardineiro depois de examiná-los atentamente sob a luz.

– Pode ser que tenham com eles documentos que poderão ajudar a reconhecê-los – disse o pai de Louis. – Vamos informar às famílias que estão aqui, feridos.

O jardineiro mexeu nos bolsos dos homens, retirou alguns papéis, que passou pro pai de Jacques, depois duas facas pontudas bem afiadas e uma grande penca de chaves.

– Ah! Ah! Isso indica quem são esses senhores! – exclamou o jardineiro. – Vieram roubar e, talvez, matar...

— Estou começando a compreender tudo – disse o pai de Pierre. – A presença de Cadichon e seus zurros explicam tudo. Essa gente vinha pra roubar. Com seu instinto habitual, Cadichon os descobriu, lutou contra eles, escoiceou e quebrou suas cabeças. Em seguida, começou a zurrar pra nos chamar.

— É, deve ser isso mesmo – disse o pai de Jacques. – Ele pode se vangloriar de nos ter prestado um belo serviço, esse corajoso Cadichon. Venha, Cadichon, você está de volta, desta vez, bem-vindo.

Eu estava contente. Passeava de um lado pro outro diante da estufa, enquanto cuidavam de Finot e de Passe-Partout. Doutor Tudoux não demorou a chegar. Os ladrões ainda não haviam recobrado a consciência.

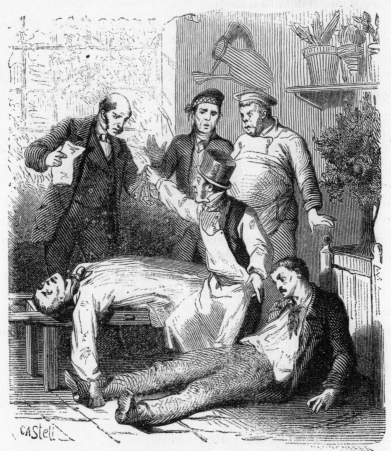

Retiraram do bolso dele uma grande penca de chaves.

O médico examinou os ferimentos:

– Eis aí dois golpes bem dados – disse. – Vê-se distintamente a marca de uma pequena ferradura de cavalo, melhor dizendo, de burro. Mas – acrescentou ao me notar – essa não seria uma nova maldade desse animal, que nos observa como se compreendesse?

– Não maldade, mas serviço fiel e inteligência – respondeu o pai de Pierre. – Esses homens são ladrões. Veja as facas e estes papéis que tinham nos bolsos.

E começou a ler:

Nº 1: Casarão Herp. Muita gente; não bom pra roubar; jardim fácil; legumes e frutas, muro baixo.

Nº 2: Presbitério. Velho padre; sem armas. Empregada surda e velha. Bom pra roubar durante a missa.

Nº 3: Casarão de Sourval. Dono ausente; mulher sozinha no primeiro andar, doméstica no segundo; bela prataria; bom pra roubar; matar se alguém gritar.

Nº 4: Casarão de Chanday. Cães de guarda fortes pra envenenar; ninguém no primeiro andar; prataria; galeria de curiosidades valiosas e joias. Matar se alguém chegar.

– Como veem – continuou o pai de Pierre –, esses homens são bandidos que vinham esvaziar a horta, na falta de coisa melhor. Enquanto vocês cuidam deles, vou enviar alguém à cidade pra prevenir o chefe da polícia.

O Doutor Tudoux tirou da maleta um estojo, pegou um bisturi e fez uma sangria nos dois ladrões. Eles não demoraram a abrir os olhos, e pareceram apavorados ao se verem cercados de gente, e num quarto do casarão. Quando voltaram totalmente a si, tentaram falar.

– Silêncio, moleques, disse o Doutor Tudoux calma e lentamente. – Silêncio, não precisamos do seu discurso pra saber quem são vocês e o que vinham fazer aqui.

Finot estendeu a mão pro seu casaco. Os papéis não estavam mais ali. Procurou sua faca, não encontrou. Olhou Passe-Partout com ar sombrio e lhe disse em voz baixa:

– Eu bem que lhe falei, lá no bosque, que tinha ouvido barulho.

– Cala a boca – disse Passe-Partout –, podem ouvir. A gente tem de negar tudo.

– Mas e as anotações? Estão com eles.

– Você diz que a gente encontrou os papéis.

– E as facas?

– As facas também, claro! É preciso audácia pra enfrentar isso.

– Quem foi que lhe deu essa pancada na cabeça que o deixou desmaiado?

– Não sei nada, juro – disse Passe-Partout –, não tive tempo de ver nem de ouvir. De repente, me vi no chão, assim, do nada...

– Comigo foi a mesma coisa. Mas a gente precisava saber se alguém viu a gente subir no muro.

– A gente vai saber. Quem espancou a gente não é obrigado a dizer como e por quê?

– Tem razão... Até lá, a gente deve negar tudo. Vamos combinar já os detalhes, pra gente não se contradizer. Primeiro: a gente estava junto? Onde a gente encontrou os...?

– Separem esses dois homens – disse o pai de Louis. – Eles vão combinar as versões que nos darão.

Dois homens pegaram Finot, enquanto outros dois agarraram Passe-Partout. Apesar da resistência, amarraram seus pés e mãos e o levaram pra outra sala.

Já era bem tarde da noite. No casarão, esperavam, impacientes, o chefe de polícia. Ele chegou de manhã bem cedo, escoltado por quatro policiais, porque lhe haviam dito que se tratava da prisão de dois ladrões. Os pais de Jacques e Pierre lhe contaram tudo o que tinha acontecido, mostraram os papéis e as facas encontradas nos bolsos dos ladrões.

– Essa espécie de faca – disse o chefe de polícia – indica que são ladrões perigosos, que matam pra roubar, o que, de resto, é fácil de perceber pelos seus papéis, que são programações de roubos a serem efetuados na região. Eu não ficaria surpreso se esses dois homens fossem Finot e Passe-Partout, bandidos muito perigosos, foragidos da prisão e procurados em muitas regiões onde cometeram roubos numerosos e audaciosos. Vou interrogá-los separadamente, vocês podem assistir ao interrogatório, se quiserem.

Em seguida, ele entrou na estufa onde se encontrava Finot. Observou-o um instante e disse:

– Bom dia, Finot! Então, você se deixou capturar?

Finot estremeceu, enrubesceu, mas não respondeu.

– E então, Finot, perdemos a língua? No entanto, ela estava bem solta no último processo...

– Com quem está falando, senhor? – respondeu Finot, olhando pra todos os lados. Tem só eu aqui...

– Sei disso, estou falando é com você mesmo.

– Não entendo, senhor, por que me trata de "você". Eu não conheço o senhor...

– Mas eu o conheço bem. Você é Finot, foragido da prisão, condenado por roubo e agressão.

– Está enganado, senhor, eu não sou quem o senhor está dizendo.

– E quem é o senhor, então? De onde vem? Pra onde ia?

– Sou eu comerciante de carneiros, estava indo a uma feira em Moulins, comprar cordeiros.

– Verdade? E seu amigo? Ele também é um comerciante de carneiros e de cordeiros?

– Eu não sei nada disso, a gente tinha se encontrado pouco antes de ser atacado e espancado por um bando de ladrões.

– E esses papéis que vocês tinham nos bolsos?

– Eu não sei o que são. A gente encontrou eles não muito longe daqui, e não teve tempo de ler.

– E as facas?

– Estavam com os papéis.

– Sei, sei. Quer dizer que foi por acaso que encontraram e juntaram tudo isso sem ver! É, a noite estava escura...

– É, foi por acaso. Meu camarada pisou em algo que pareceu estranho. Ele se abaixou, eu ajudei e, tateando, a gente encontrou os papéis e as facas e dividiu tudo.

– Foi ruim pra vocês terem dividido, cada um agora tem motivo pra ser preso.

– O senhor não tem o direito de meter a gente na prisão, somos honestos...

– É o que vamos ver daqui a pouco. Até mais tarde, Finot. Não se incomode – acrescentou, vendo que Finot tentava se levantar. – Guardas, cuidem bem desse senhor, que não lhe falte nada. E não tirem os olhos dele, é um Finot que já nos escapou mais de uma vez.

O chefe saiu, deixando Finot abatido e preocupado.

– Tomara que Passe-Partout diga a mesma coisa que eu. Vai ser muita sorte se ele falar a mesma coisa – pensava com seus botões.

Vendo entrar o chefe de polícia, Passe-Partout se sentiu perdido.

Contudo, conseguiu esconder sua inquietação e olhou com ar indiferente pro recém-chegado, que o examinava atentamente.

– Como você veio parar aqui, ferido e amarrado? – perguntou o chefe de polícia.

– Não sei de nada – respondeu Passe-Partout.

– Você ainda sabe quem é? De onde vem? Por quem foi ferido?

– Eu sei bem quem sou e pra onde ia, mas não sei quem me atacou brutalmente.

– Então, vamos por partes. Quem é você?

– Isso é da sua conta? Você não tem o direito de perguntar às pessoas que passam quem elas são.

– Eu tenho, sim, o direito de colocar algemas em quem não me responde e mandar trancafiá-lo na prisão da cidade. Mais uma vez: quem é você?

– Sou comerciante de sidra.

– Seu nome, por favor.

– Robert Partout.

– Aonde estava indo?

– A vários lugares, comprar sidra onde ela é vendida.

– Você não estava sozinho? Tinha um companheiro?

– Sim, é meu sócio, a gente faz negócios juntos.

– Você tinha uns papéis nos bolsos. Sabe o que eram esses papéis?

Passe-Partout olhou pro chefe de polícia e refletiu: "Ele leu os papéis". "Quer me envolver nessa história, mas serei mais esperto que ele."

E disse bem alto:

– Se eu sei? Acho que sei: papéis perdidos por bandidos, só pode ser, e que eu ia entregar pra polícia da cidade.

– Como vocês conseguiram esses papéis?

– A gente encontrou eles no caminho, eu e meu companheiro. A gente examinou tudo e ficou com pressa de se livrar deles, era por isso que a gente estava andando de noite.

– E as facas que encontramos com vocês?

– As facas, a gente tinha comprado pra se defender: diziam que tinha ladrões na região.

– E como e por quem vocês foram feridos, você e seu companheiro?

– Pois então, por ladrões que atacaram a gente sem a gente ver.

– Ah, é? Finot não me disse a mesma coisa.

– Finot teve tanto medo que perdeu a memória, não dá pra acreditar no que ele fala.

– Eu também não acreditei nele, como não acredito no que diz, amigo Passe-Partout. Estou reconhecendo você agora, você se traiu.

Passe-Partout percebeu a besteira que tinha feito ao reconhecer que seu companheiro se chamava Finot. Era um apelido que tinham dado a ele na prisão, pra zombar de sua pouca inteligência.

Quanto a Passe-Partout, seu verdadeiro nome era Partout. E, num dia em que todos se apressavam pra passar pro refeitório, Finot exclamou: "Passe, Partout!", e o apelido ficou.

Não havia mais como negar. No entanto, ele não queria confessar, preferiu levantar os ombros, dizendo:

– Acha que eu conheço Finot? Não era difícil adivinhar que você estava falando de meu companheiro, achei que o chamava de Finot pra zombar.

– Está bem, distorça os fatos como quiser – disse o chefe de polícia. – Então, a verdade é que você viajava com seu companheiro pra comprar sidra; que vocês encontraram os papéis pelo caminho; que iam levá-los, depois de ler tudo, até a cidade para entregá-los à polícia; que compraram suas facas pra se defender de ladrões e que foram atacados e feridos por esses mesmos ladrões. É isso?

– Sim, sim, essa é a minha história.

– É melhor dizer seu conto, porque seu camarada disse o contrário...

– O que foi que ele disse? – perguntou Passe-Partout, preocupado.

– Você não precisa saber agora. Quando forem pra prisão, ele lhe conta.

E o chefe de polícia saiu, deixando Passe-Partout num estado de raiva e inquietação fácil de imaginar.

– O senhor acha, doutor, que esses homens estão em condições de andar até a cidade? – perguntou o chefe de polícia ao Doutor Tudoux.

– Acho que conseguem, se não os forçarem muito – respondeu o médico pausadamente. E, se caírem no caminho, podem ser postos numa carroça. Mas a cabeça deles está muito machucada pelo coice do burro, eles poderão morrer em três ou quatro dias.

O chefe de polícia estava incomodado. Ainda que os prisioneiros não lhe provocassem nenhuma pena, ele era bom e não queria fazê-los sofrer sem necessidade. O senhor Ponchat, pai de Pierre e de Henri, percebendo sua preocupação, propôs mandar atrelar uma carroça. O chefe de polícia agradeceu e aceitou. Quando a carroça foi levada até a porta, colocaram Finot e Passe-Partout nela, cada um entre dois policiais. Além disso, tiveram a precaução de amarrar os pés dos dois, pra evitar que saltassem da carroça e fugissem. O chefe de polícia ia a cavalo, ao lado da carroça, e não perdia de vista os prisioneiros.

Não demoraram a sumir de vista, e fiquei só diante da casa, comendo grama e esperando, impaciente, a hora do passeio dos meus pequenos donos, sobretudo do pequeno Jacques, que eu tanto queria rever. O favor que eu tinha acabado de prestar certamente ia fazer com que perdoassem minhas maldades.

Quando amanheceu, depois que todo mundo se levantou, se vestiu, tomou café, um grupo correu pra escadaria. Eram as crianças. Aproximaram-se de mim e me acariciaram à vontade. Mas, entre todas as carícias, as do meu pequeno Jacques foram as mais afetuosas.

— Cadichon — dizia ele —, olha você de volta! Fiquei triste porque foi embora! Querido Cadichon, está vendo? Nós ainda o amamos!

— É verdade que ele voltou muito bonzinho — disse Camille.

— E que não tem mais aquele ar insolente que tinha há algum tempo — continuou Madeleine.

— E que não morde mais seu colega nem os cães de guarda — acrescentou Elisabeth.

— E que está muito obediente, deixa colocarem a sela e as rédeas sem problema — concordou Louis.

O chefe de polícia ia a cavalo, ao lado da carroça...

– E ele não devora mais os buquês que eu tenho nas mãos – falou Henriette.

– E não escoiceia mais quando montamos nele – foi a vez de Jeanne.

– E não corre mais atrás do meu pônei pra morder o rabo dele – contribuiu Pierre.

– E ele salvou todos os legumes e as frutas da horta e fez os ladrões serem presos – lembrou Jacques.

– E quebrou a cabeça deles com os pés – acrescentou Henri.

– Mas como foi que ele conseguiu fazer os ladrões serem presos? – perguntou Elisabeth.

– Ninguém sabe como ele fez isso, mas as pessoas foram alertadas por seus zurros. Papai, os tios e alguns empregados saíram de casa e viram Cadichon indo e vindo, galopando inquieto da casa pro jardim. Eles o seguiram com lanternas, e ele os levou até o final do muro da horta. Lá, encontraram os dois homens desmaiados e perceberam que eram ladrões – contou Pierre.

– Como perceberam que eram ladrões? Por acaso os ladrões possuem caras e roupas extraordinárias, que não se parecem com as nossas? – cogitou Jacques.

– Ah! Acho que não são como nós! Eu já vi um bando de ladrões. Tinham chapéus pontudos, casacos marrons, caras malvadas e enormes bigodes – contou Elisabeth.

– Onde você viu? Quando? – as crianças quiseram saber.

– No último inverno, no teatro de Franconi – disse Elisabeth.

– Rá! Rá! Rá! Que besteira! Eu estava achando que eram ladrões verdadeiros, que você tinha encontrado em uma de suas viagens! E estava imaginando por que meu tio e minha tia nunca tocaram no assunto – riu Henri.

– Claro que eram verdadeiros ladrões, garoto! E os policiais lutaram com eles e ou mataram ou prenderam todos! E isso não é engraçado de jeito nenhum. Eu tive muito medo, e os policiais ficaram feridos – exclamou Elisabeth, irritada.

– Rá! Rá! Rá! Como você é idiota! O que você viu é o que se chama *peça de teatro*. É representada por homens que são pagos pra isso e que repetem a história todas as noites – explicou Pierre.

– Como quer que eles repitam a história, se estão mortos? – perguntou Elisabeth.

– Você não consegue perceber que eles fingem cair mortos ou feridos, e que estão tão bem quanto você ou eu?! – retrucou Pierre.

– Então, como foi que papai e os tios perceberam que aqueles homens eram ladrões? – insistiu Elisabeth.

– Porque nos bolsos deles foram encontradas facas pra matar homens e... – explicava Pierre.

– E como são as facas de matar homens? – interrompeu Jacques.

– São... são... como todas as facas – disse Pierre.

– Então, como sabe que era pra matar homens? Podia ser pra cortar pão...

– Você me cansa, Jacques! Está sempre querendo compreender tudo, e me interrompeu quando eu ia dizer que nos bolsos dos homens tinha uns papéis onde estava escrito que eles iam roubar nossos legumes e que iam matar o padre e várias outras pessoas.

– E por que eles não queriam matar a gente? – perguntou Jacques.

– Porque sabiam que papai e os tios são muito corajosos e têm pistolas e fuzis, e que a gente ia ajudar – disse Elisabeth.

– Você ia ser mesmo de grande valia se atacassem a gente... – ironizou Henri.

– Eu ia ser tão corajosa quanto você, garoto, e ia saber muito bem puxar os ladrões pelas canelas pra eles não matarem o papai – retrucou Elisabeth.

– Vocês dois, nada de briga! Deixem Pierre contar o que ele sabe – interrompeu Camille.

– A gente não precisa do Pierre pra saber o que já sabe – disse Elisabeth.

– Ah, é? Então, por que você me perguntou como papai sabia que eram ladrões?

– Senhor Pierre, senhor Henri! O senhor Auguste está procurando os senhores – disse o jardineiro, carregando a provisão de legumes pra cozinha.

– Onde ele está?

– No jardim, senhores. Não teve coragem de se aproximar do casarão, de medo de se encontrar com Cadichon.

Suspirei e pensei que Auguste tinha razão pra ter medo de mim. Disse comigo:

"Devo uma reparação a ele. Como será que posso lhe prestar um serviço e mostrar que não tem mais motivos pra ter medo de mim?".

25. A REPARAÇÃO

Enquanto eu pensava, em vão, no que podia fazer pra mostrar meu arrependimento a Auguste, as crianças se aproximaram do lugar onde eu comia grama ao mesmo tempo que refletia. Vi que Auguste se mantinha a certa distância de mim e me olhava com ar desconfiado.

– Vai fazer calor hoje, acho que não vai ser agradável fazer um passeio longo. Melhor a gente ficar na sombra do parque... – comentou Pierre.

– Pierre tem razão, ainda mais depois da doença que quase me matou. Eu fiquei fraco e me canso muito nas caminhadas longas – concordou Auguste.

– E pensar que foi Cadichon que causou sua doença... – falou Henri.

– Não penso que foi de propósito. Ele deve ter tido medo de alguma coisa no caminho. O pavor fez ele saltar e me jogar naquele fosso horroroso. Por isso, não o detesto, mas...

– Mas o quê? – quis saber Pierre.

Auguste e Pierre trouxeram a lenha...

– Prefiro não montar mais nele – respondeu Auguste, enrubescendo um pouco.

A generosidade do menino me tocou e aumentou meu arrependimento por tê-lo maltratado tanto.

Camille e Madeleine sugeriram que cozinhassem. As crianças tinham construído um forno no jardim e o aqueciam com lenha seca que elas mesmas juntavam. A sugestão foi alegremente aceita. Correram ao casarão pra pedir aventais de cozinha e decidiram preparar tudo no jardim. Auguste e Pierre trouxeram a lenha. Iam quebrando os galhos no meio e pondo no forno.

Antes de acender o fogo, combinaram o que iam servir pro almoço.

– Eu vou fazer um omelete – disse Camille.

– Eu, um creme de café – decidiu Madeleine.

– Eu, costeletas – falou Elisabeth.

– E eu, um vinagrete de vitelo frio – escolheu Pierre.

– Salada de batatas – anunciou Henri.

– Morangos com creme – falou Jacques.

– Torradas com manteiga – disse Louis.

– Eu vou ralar o açúcar – escolheu Henriette.

– Cerejas – foi a escolha de Jeanne.

Auguste, por fim, anunciou:

– E eu vou cortar o pão, preparar o vinho[4] e a água e servir todo mundo.

Cada um foi pedir na cozinha o que precisava para o prato que devia preparar. Camille trouxe ovos, manteiga, sal, pimenta, um garfo e uma panela.

– Preciso de fogo pra derreter minha manteiga e pra cozinhar os ovos. Auguste, Auguste, fogo, por favor.

– Onde é que eu acendo?

– Perto do forno. Depressa, já estou batendo os ovos.

– Auguste, Auguste, corra até a cozinha, traga café pro creme que estou batendo, esqueci de pegar. Rápido! – pediu Madeleine.

– Preciso acender o fogo pra Camille.

– Depois você acende, vai logo buscar meu café. Tem que ser rápido, eu estou com pressa.

---

[4] Em alguns países europeus, como França, Portugal, Itália, grandes produtores de vinho, é costume crianças beberem vinhos de baixo teor alcoólico, sobretudo no inverno, porque aquece. O vinho é considerado um remédio e até mesmo um alimento, como se fosse um suco de frutas. (N.T.)

Auguste saiu correndo.

– Auguste, Auguste, preciso de carvão e de uma grelha pras minhas costeletas, já acabei de prepará-las – chamou Elisabeth.

Auguste, que já chegava com o café, saiu de novo pra buscar a grelha.

– E eu preciso de óleo pro meu vinagrete – pediu Pierre.

– E eu, do vinagre pra salada. Auguste, rápido com o óleo e o vinagre! – foi a vez de Henri.

Auguste, que trazia a grelha, voltou correndo pra buscar o vinagre e o óleo.

– E meu fogo, é assim que você o acende, Auguste? Os ovos estão batidos, você vai me fazer perder meu omelete! – reclamou Camille.

– Deram-me outras tarefas, ainda não tive tempo de acender o fogo.

– E meu carvão? Onde está, Auguste? Você esqueceu meu carvão? – exclamou Elisabeth.

– Não, Elisabeth, não esqueci, mas ainda não deu tempo, estou correndo feito louco.

– Não vai dar tempo de grelhar minhas costeletas, Auguste, ande depressa!

Auguste trazia a grelha...

– Preciso de uma faca pra cortar meus pães. Depressa, Auguste, uma faca! – exigiu Louis.

– E eu, do açúcar pros meus morangos! Depressa, Henriette, raspe o açúcar! – pediu Jacques, impaciente.

– Estou raspando como posso, mas já estou cansada, vou descansar um pouco. Estou com sede! – anunciou Henriette.

– Coma cerejas. Eu também estou com sede – aconselhou Jeanne.

– E eu, então? Vou experimentar um pouco, cereja refresca a língua – resolveu Jacques.

– Eu também preciso me refrescar um pouco, é cansativo fazer torradas – disse Louis.

E os quatro rodearam o cesto de cerejas.

– Vamos sentar, vai ser mais fácil pra gente se refrescar – aconselhou Jeanne.

Eles se refrescaram tanto que comeram todas as cerejas. Quando não havia mais nenhuma, olharam-se, inquietos.

– Acabou – disse Jeanne.

– Vão ficar bravos com a gente – falou Henriette.

– Chi! O que que a gente faz? – perguntou Louis, preocupado.

– Vamos pedir socorro pro Cadichon – sugeriu Jacques.

– O que quer que Cadichon faça? Ele não pode fazer as cerejas aparecerem, nós comemos todas! – afirmou Louis.

– Cadichon, Cadichon, ajude a gente! Veja, nosso cesto de cerejas está vazio, encha ele pra nós! – pediu Jacques.

Eu estava bem perto dos quatro gulosos. Jacques me meteu o cesto vazio debaixo do nariz, pra me fazer compreender o que queria de mim. Entendi e saí trotando. Fui até a cozinha, onde tinha visto uma cesta de cerejas, segurei-a com os dentes e voltei trotando. Depositei a cesta cheia no meio da roda das crianças, sentadas perto dos caroços e dos cabos de cerejas que tinham comido.

Receberam-me com gritos de alegria. Os outros ouviram e quiseram saber o que estava acontecendo.

– É Cadichon! É Cadichon! – exclamou Jacques.

– Cale a boca – disse Jeanne. – Vão saber que comemos tudo!

– E daí? Que saibam! – respondeu Jacques. – Quero mesmo que saibam o quanto Cadichon é bom e inteligente.

E, correndo até os maiores, contou como eu tinha consertado o que a gula deles tinha feito. Em vez de dar uma bronca nos pequenos, os maiores aprovaram a honestidade de Jacques e fizeram grandes elogios à minha inteligência.

Enquanto isso, Auguste tinha acendido o fogo pra Camille e o carvão de Elisabeth. Camille preparava seu omelete, Madeleine terminava o creme, Elisabeth grelhava costeletas, Pierre cortava o vitelo em fatias pra temperar com o molho, Henri mexia e remexia sua salada de batatas, Jacques fazia uma papa de morangos com creme, Louis terminava uma pilha de fatias de torrada, Henriette raspava o açúcar, que transbordava do açucareiro, Jeanne descascava as cerejas do cesto.

Suando, resfolegando, Auguste punha a mesa, corria pra buscar água fresca pra misturar no vinho, pra embelezar a mesa com barquinhos de rabanete, pepinos, sardinhas, azeitonas. Tinha esquecido o sal, não tinha pensado nos talheres, percebeu que faltavam copos, encontrou mosquitos e moscas dentro dos copos, nos pratos... Quando tudo ficou pronto, os pratos foram colocados sobre a toalha. Camille bateu na testa:

– Chi! A gente só esqueceu uma coisa: pedir permissão aos pais pra almoçar aqui fora e comer o que a gente mesmo cozinhou.

– Vamos fazer isso, rápido! Auguste pode vigiar o almoço.

E dispararam pro casarão, direto pro salão onde estavam reunidos os pais e as mães de todos.

A chegada das crianças – vermelhas, ofegantes, com aventais que davam a elas o ar de ajudantes de cozinheiro – surpreendeu os pais.

Correndo cada uma pra sua mãe, as crianças pediam com tal agitação a permissão para almoçar fora que as mães, de início, não entenderam o pedido. Depois de algumas perguntas e algumas explicações, a permissão foi dada, e as crianças voltaram bem depressa para se reunir a Auguste e seu almoço.

Auguste tinha desaparecido.

– Auguste! Auguste! – gritaram.

– Estou aqui, estou aqui – respondeu uma voz que parecia vir do céu.

A turma levantou a cabeça e viu Auguste que, pendurado no alto de um galho, começava a descer devagar e com cuidado.

– Por que subiu tão alto? Que ideia mais maluca! – falaram Pierre e Henri.

Auguste continuou descendo, sem responder. Quando chegou ao chão, as crianças viram, surpresas, que ele estava pálido e tremia.

– Por que subiu na árvore, Auguste? O que aconteceu? – quis saber Madeleine.

– Se não fosse Cadichon, vocês não teriam encontrado nem eu nem o almoço... Foi pra salvar minha vida que subi no alto deste pinheiro – respondeu Auguste.

– Mas o que aconteceu! Conte! Como foi que Cadichon salvou sua vida e nosso almoço?

– Vamos sentar, a gente escuta enquanto comemos. Estou morrendo de fome! – sugeriu Camille.

Sentaram-se na grama, em volta da toalha de mesa. Camille serviu o omelete, considerado excelente; Elisabeth serviu as costeletas, que estavam muito boas, mas um pouco cozidas demais. O resto do almoço veio em seguida. Tudo foi considerado gostoso, benfeito, bem servido.

Enquanto comiam, Auguste contou:

– Vocês tinham acabado de sair quando apareceram os dois enormes cachorros da fazenda, atraídos pelo cheiro da comida. Peguei uma vara, achando que ia conseguir expulsá-los, agitando-a na frente deles. Mas eles tinham visto as costeletas, o omelete, o pão, a manteiga, o creme. Em vez de ter medo da vara, quiseram me atacar. Sentei a vara na cabeça do maior, que pulou nas minhas costas...

– Como, nas suas costas? – falou Henri. – Ele estava atrás de você?

– Não – respondeu Auguste, corando –, mas eu tinha jogado a vara, não tinha mais nada pra me defender, e era inútil eu me deixar devorar por cachorros esfomeados.

– Entendo, entendo – retrucou Henri com ar zombeteiro –, você é que estava tentando escapar.

– Eu ia procurar vocês – disse Auguste. Os malditos bichos correram atrás de mim, mas Cadichon veio em meu socorro, segurando pela pele do cangote o maior dos cachorros. Ele sacudia o animal enquanto eu subia na árvore. O outro cachorro, atrás de mim, me agarrou pela roupa e teria me feito em pedaços se Cadichon não tivesse de novo me protegido. Ele deu uma última mordida no primeiro cachorro e o jogou pra cima. O bicho, machucado e sangrando, foi cair um pouco mais adiante. Em seguida, Cadichon pegou pelo rabo aquele que agarrava minha roupa, e ele me soltou imediatamente. Cadichon o atirou longe e, com uma agilidade surpreendente, deu na cara dele um coice que deve ter quebrado alguns dos seus dentes. Os dois cachorros fugiram urrando, e eu já ia descer da árvore quando vocês voltaram.

Apareceram os dois enormes cachorros da fazenda...

Todos admiraram minha coragem e minha presença de espírito, e cada um veio até mim, me acariciou e me aplaudiu.

– Estão vendo? – disse Jacques, com um ar triunfante e os olhos brilhando de felicidade. – Meu amigo Cadichon voltou melhor do que nunca! Não sei se vocês o amam, mas eu o amo mais do que nunca. Não é verdade, Cadichon, que nós dois vamos ser sempre bons amigos?

Respondi da melhor maneira: um zurro prazeroso. As crianças começaram a rir e continuaram sua refeição. Madeleine serviu o creme.

– Que creme gostoso! – disse Jacques.

– Quero mais – pediu Louis.

Madeleine estava contente com o sucesso do seu creme. Vale dizer que todos tinham se saído bem, que o almoço foi todo consumido e que não sobrou nada. Jacques, contudo, passou por uma pequena humilhação. Ele tinha se encarregado dos morangos com creme. Tinha adoçado seu creme e colocado dentro os morangos descascados. Estava muito bom, mas, infelizmente, Jacques tinha acabado antes dos outros. Vendo que tinha tempo, quis aperfeiçoar seu prato e se pôs a amassar os morangos no creme. Amassou, amassou bastante, e tão bem que os morangos e o creme se tornaram uma papa, que devia ter um gosto muito bom, mas que não tinha boa aparência.

O outro me agarrou pela roupa...

Quando chegou a vez de Jacques servir seus morangos, Camille exclamou:

– O que é isso? Mingau vermelho? O que tem aí dentro?

– Não é mingau vermelho – disse Jacques, um pouco confuso –, são morangos com creme. Está muito bom, garanto, experimente, você vai ver.

– Morangos?! – disse Madeleine. – Cadê os morangos? Não estou vendo morango aí... É nojento, isso!

– É mesmo! É nojento! – concordaram os outros.

– Achei que ficaria melhor se fossem amassados – disse Jacques, os olhos cheios de lágrimas. – Mas, se quiserem, eu vou rapidinho colher outros morangos e buscar creme na fazenda.

– Não, não, Jacques –, disse Elisabeth, comovida por seu sofrimento –, seu creme deve estar muito gostoso. – Quer me servir? Vou comer com muito prazer!

Jacques abraçou Elisabeth. Seu rosto estava novamente alegre, e ele encheu um prato com o creme.

As outras crianças, comovidas como Elisabeth pela bondade e boa vontade de Jacques, pediram todas um prato de creme. E todas, depois de experimentarem, declararam que estava excelente, bem melhor do que se os morangos estivessem inteiros.

Jacques, que havia observado com preocupação os rostos de todos enquanto comiam seu creme, ficou radiante quando viu o sucesso de sua invenção. Foi sua vez de experimentar, e, embora não tivesse sobrado muito, tinha o suficiente pra ele se arrepender de não ter comido antes.

Almoço terminado, eles começaram a lavar a louça em uma grande tina que havia sido esquecida na véspera e que a calha havia enchido durante a noite.

Isso também foi muito divertido, e ainda não tinham terminado quando chegou a hora de estudar, e os pais chamaram. As crianças pediram mais quinze minutos pra acabar de enxugar e arrumar tudo, e os pais concordaram. Antes que esse tempo passasse, tudo tinha sido devolvido à cozinha e colocado nos devidos lugares. Estavam todos estudando, e Auguste tinha se despedido e voltado pra casa.

Antes de ir embora, Auguste me chamou e, quando cheguei perto, me acariciou e me agradeceu, com palavras e gestos, pelo que eu tinha feito. Recebi com prazer esse reconhecimento. Ele confirmou minha ideia de que era bem melhor do que eu o havia julgado no começo; que ele não sentia rancor nem era mau, e que, se era medroso e um pouco idiota, não era sua culpa.

Poucos dias depois, tive oportunidade de lhe prestar um novo favor.

Começaram a lavar a louça...

26. O BARCO

– Que pena que a gente não possa fazer todo dia um almoço como aquele da semana passada: foi tão divertido! – disse Jacques.

– E como a gente comeu bem! – comentou Louis.

– O que eu gostei mais foi da salada de batatas e do vinagrete de vitelo – disse Camille.

– Eu sei bem por quê: a mamãe normalmente proíbe você de comer coisas avinagradas – falou Madeleine.

– Pode ser. As coisas que a gente come menos parecem sempre mais gostosas, principalmente quando gostamos delas – disse Camille, rindo.

– O que vamos fazer hoje pra nos divertir? – perguntou Pierre.

– É mesmo: é quinta-feira, a gente está de folga até o jantar – lembrou Elisabeth.

– E se a gente fosse pescar um peixe na lagoa grande? – sugeriu Henri.

– Boa ideia! Assim a gente tem um prato de peixe pra amanhã – concordou Camille.

– Como vamos fazer? Temos linhas? – lembrou Madeleine.

– Temos anzóis suficientes, o que falta são varas pra amarrar as linhas – falou Pierre.

– E se a gente pedisse aos empregados pra comprar pra nós na vila? – sugeriu Henri.

– Lá não tem: seria preciso ir até a cidade – disse Pierre.

– Olha o Auguste chegando: quem sabe ele tem algumas em casa? Pode ir buscar com o pônei – falou Camille.

– Eu vou! Eu vou com Cadichon! – Jacques ofereceu.

– Você não pode ir tão longe sozinho – disse Henri.

– Não é longe, é só meia légua – retrucou Jacques.

– O que é que vocês querem ir buscar com Cadichon, pessoal? – perguntou Auguste, chegando.

– Varas pra pescar. Você tem, Auguste? – disse Pierre.

– Não, mas não há necessidade de buscar tão longe: com canivetes, a gente mesmo pode fazer tudo – respondeu Auguste.

– É mesmo! Como é que a gente não pensou nisso?! – exclamou Henri.

– Vamos, vamos logo cortar madeira. Vocês têm canivetes? Eu tenho o meu no bolso – chamou Auguste.

– Eu tenho um excelente, que Camille trouxe de Londres – disse Pierre.

– Eu também, tenho aquele que Madeleine me deu – falou Henri.

– E também tenho um canivete – falou Jacques.

– E eu também – disse Louis.

– Venham com a gente, então. Enquanto a gente corta os troncos grossos, vocês tiram a casca e os galhos pequenos. – disse Auguste.

– E nós, o que que a gente vai fazer? – perguntaram as meninas.

– Vocês podem preparar o que é necessário pra pesca – respondeu Pierre. – O pão, as minhocas, os anzóis.

E se dispersaram, cada um pra sua tarefa.

Eu fui tranquilamente pra perto da lagoa e esperei mais de meia hora a chegada das crianças. Enfim, chegaram, cada uma com sua vara e trazendo anzóis e outros objetos dos quais podiam precisar.

– Acho que será necessário agitar a água, pros peixes virem para cima. – falou Henri.

– Pelo contrário, não podemos fazer o menor barulho. Os peixes vão todos pro fundo do lago se ficarem assustados – disse Pierre.

– Acho que a gente pode atraí-los com migalhas de pão – lembrou Camille.

– Sim, mas não muito, senão eles não vão mais ter fome – disse Madeleine.

– Esperem, deixem que eu cuido disso. Preparem os anzóis, enquanto eu jogo o pão – resolveu Elisabeth.

Às primeiras migalhas que ela atirou, uma meia dúzia de peixes se lançou em cima. Elisabeth jogou mais um pouco. Louis, Jacques, Henriette e Jeanne quiseram ajudá-la, e jogaram tanto que os peixes, saciados, não quiseram mais comer nada.

– Acho que a gente jogou muito pão – disse Elisabeth, baixinho.

– O que é que tem? Eles vão comer o resto de noite, ou até amanhã – disse Jacques.

– Mas aí não vão morder os anzóis, pois não têm mais fome – explicou Elisabeth.

– Ih! Os primos não vão gostar nada disso. – exclamou Jacques.

– Não vamos contar nada. Eles estão ocupados com seus anzóis, e pode ser que os peixes mordam a isca mesmo assim. – falou Elisabeth.

– Os anzóis estão prontos – disse Pierre, mostrando as varas. – Vamos pegar cada um a sua e começar.

Cada um pegou uma vara e lançou a linha, como disse Pierre. Esperaram alguns minutos, tomando cuidado pra não fazer barulho, mas nenhum peixe mordia.

– O lugar não é bom, vamos pra mais longe – disse Auguste.

– Acho que não tem peixe aqui. Vejam quantas migalhas de pão eles não comeram – comentou Henri.

– Vamos até a extremidade do tanque, perto do barco – sugeriu Camille.

– É bem profundo lá... – disse Pierre.

– O que tem isso? Você tem medo de que os peixes se afoguem? – perguntou Elisabeth.

– Não os peixes, mas um de nós, se cair ali – respondeu Pierre.

– Como acha que podemos cair? A gente não se aproxima muito da borda, a ponto de escorregar e rolar pra água – disse Henri.

– Sim, é verdade, mas mesmo assim não quero que os pequenos venham – disse Pierre.

– Oh! Eu imploro, Pierre, deixa a gente ir com você, a gente fica bem longe da água! – pediu Jacques.

– Não, não, fiquem aqui. A gente volta logo pra encontrar vocês, acho que lá vai ter mais peixes do que por aqui. Aliás – acrescentou, baixando o tom de voz –, a culpa é de vocês se não conseguimos pegar nada aqui. Eu vi muito bem que vocês jogaram dez vezes mais que o necessário de pão. Não quero contar a Henri, a Auguste, a Camille e a Madeleine, mas é justo que vocês sejam punidos pelo que fizeram – falou Pierre.

Jacques não insistiu mais e contou aos outros culpados o que Pierre acabava de lhe dizer. Eles se conformaram em permanecer onde estavam, esperando que os peixes quisessem muito se deixar fisgar.

Eu tinha seguido Pierre, Henri e Auguste até a beira da lagoa. Eles atiraram suas linhas. Nada ali também. Tentaram mudar de lugar, arrastar os anzóis. Os peixes não apareciam.

– Pessoal – disse Auguste –, tenho uma excelente ideia. Em vez de a gente se aborrecer esperando que os peixes queiram ser fisgados, vamos fazer uma pesca grande, a gente pode pegar quinze ou vinte peixes de uma vez.

– E como é que a gente vai pegar quinze ou vinte, se não conseguimos pegar nem um? – quis saber Pierre.

– Com uma rede chamada gavião – explicou Auguste.

– Mas é muito difícil! Papai me disse que é preciso saber jogá-la – comentou Henri.

– Difícil?! Que bobagem! Eu mesmo já joguei dez, vinte vezes a rede. É muito fácil! – disse Auguste.

– E você pegou muitos peixes?– perguntou Pierre.

– Não, porque não joguei na água.

– Como? Então, onde você jogou? – quis saber Henri.

– Sobre a grama ou sobre a terra, só pra aprender a jogar direito.

– Mas não é a mesma coisa, de jeito nenhum! Tenho certeza de que você ia jogar muito mal a rede na água – falou Pierre.

– Mal! Acha mesmo?! Pois você vai ver se eu jogo mal! Vou correndo buscar a rede que está secando no pátio.

– Não, Auguste, por favor. Se acontecer alguma coisa, papai vai acabar com a gente! – pediu Pierre.

– E o que acha que pode acontecer? Já disse, lá em casa a gente pesca sempre com rede. Vou buscar, não demoro – disse Auguste.

E partiu correndo, deixando Pierre e Henri descontentes e inquietos. Não demorou a voltar, arrastando a rede.

– Aqui está – disse, estendendo a rede no chão. – A gaiola dos peixes!

E jogou a rede com bastante habilidade, puxando-a em seguida bem devagar e com cuidado.

– Puxe mais depressa! Desse jeito, isso não acaba nunca – disse Henri.

– Não, não – explicou Auguste. – É preciso trazer de volta bem delicadamente, pra não romper a rede e não deixar escapar nenhum peixe.

Continuou a puxar e, quando terminou, a rede estava vazia: nem um só peixe tinha se deixado capturar.

– Oh! – ele disse –, a primeira vez não conta. A gente não pode desanimar. Mais uma vez.

E jogou novamente, mas não foi mais bem-sucedido do que na primeira vez.

– Já sei o que é: eu estou muito perto da borda, não tem água o suficiente. Vou entrar no barco; como ele é bem comprido, vou ficar distante da borda o bastante pra poder estender bem a rede.

– Não, Auguste, disse Pierre, não entre no barco! Com essa rede, você pode se embaraçar nos remos e nas cordas, escorregar e cair na água.

– Você parece um bebê de dois anos, Pierre! – replicou Auguste. – Vai ver, eu sou mais corajoso que você!

E pulou no barco, que balançava. Auguste teve medo, mas fez de conta que ria, e percebi que ia fazer alguma coisa errada. Ele desenrolou e estendeu mal a rede, pois o movimento do barco atrapalhava. Ele cambaleava e não tinha firmeza nas mãos. O amor-próprio o dominou mais uma vez, e ele jogou a rede.

Mas o movimento foi prejudicado pelo medo de cair na água. A rede se enganchou em seu ombro esquerdo e o desequilibrou, fazendo-o cair de cabeça no lago. Pierre e Henri gritaram de terror ao ouvir o grito de angústia de Auguste quando percebeu que caía. Ele estava enrolado na rede, que impedia seus movimentos e não o deixava nadar pra perto da borda. Mais ele se debatia, mais a rede se estreitava em torno de seu corpo. Eu o via afundando pouco a pouco: mais alguns instantes e estaria perdido. Pierre e Henri não podiam prestar nenhum socorro, pois nenhum deles sabia nadar. Antes que eles tivessem tempo de chamar alguém, Auguste teria morrido, inevitavelmente.

Ele jogou a rede...

Não demorei muito pra tomar minha decisão. Pulando na água, nadei na direção de Auguste e mergulhei, pois ele já estava bem fundo. Agarrei com os dentes a rede que o envolvia e nadei até a borda, puxando-o. Escalei o barranco, muito escarpado, sempre puxando Auguste, com risco de provocar alguns galos ao passar sobre pedras e raízes, e o trouxe até a grama, onde ele permaneceu desacordado.

Pierre e Henri, pálidos e trêmulos, correram pra perto dele e o soltaram, com pena por causa da rede, que o apertava. Quando Camille e Madeleine chegaram, pediram a elas que fossem buscar socorro.

Os menores, que haviam visto de longe a queda de Auguste, também chegaram correndo e ajudaram Pierre e Henri a enxugar o rosto e os cabelos encharcados do amigo. Os empregados da casa não demoraram a chegar. Levaram Auguste desacordado, e as crianças ficaram sozinhas comigo.

– Excelente, Cadichon! – gritou Jacques. – Você salvou a vida de Auguste! Vocês viram com que coragem ele se jogou na água?!

...e o trouxe até a grama.

– Claro que a gente viu! E como ele mergulhou pra alcançar Auguste! – exclamou Louis.

– E como o puxou habilmente pra grama! – disse Elisabeth.

– Cadichon! Está ensopado! – falou Jacques.

– Não encoste nele, Jacques, vai molhar suas roupas, olha como a água escorre dele todo! – disse Henriette.

– Ah! O que é que tem se eu me molhar um pouco? – disse Jacques, passando seus braços em torno do meu pescoço. Eu não ia ficar tão molhado quanto Cadichon...

– Em vez de abraçá-lo e elogiá-lo, você faria melhor levando-o pro estábulo. Lá a gente o esfrega bem com palha e lhe dá aveia, pra aquecê-lo e devolver suas forças.

– Está certo, você tem razão. Venha, Cadichon.

– Esfregar com palha?! Você disse, Louis, que vai esfregar Cadichon com palha? – perguntou Jeanne.

– A gente esfrega o cavalo ou o burro com punhados de palha pra ele ficar bem seco – explicou Louis.

Eu seguia Jacques e Louis, que se dirigiam pro estábulo me fazendo sinal pra acompanhá-los. Lá, os dois começaram a me esfregar com tanta energia que logo ficaram ensopados. Mas não pararam até que eu estivesse bem seco. Durante esse tempo, Henriette e Jeanne se revezavam pra pentear e escovar minha crina e minha cauda. Quando terminaram, eu estava magnífico, e comi com um apetite extraordinário a medida de aveia que os meninos me deram.

— Henriette — disse baixinho a pequena Jeanne —, Cadichon tem muita aveia, é demais.

— Tudo bem, Jeanne, não faz mal. Ele foi muito corajoso, é pra recompensá-lo.

— É que eu queria pegar um pouco. — disse Jeanne.

— Pra quê?

— Pra dar pros nossos coelhinhos, que nunca têm isso, e eles gostam tanto!

— Se Jacques e Louis veem você pegar a aveia de Cadichon, vão ficar bravos — disse Henriette.

— Eles não vão ver. Eu pego quando eles não estiverem olhando pra mim.

— Aí, você ia ser uma ladra, porque ia roubar a aveia do Cadichon, que não pode se queixar porque não sabe falar.

— É verdade — disse Jeanne tristemente. — Meus coelhos iam ficar tão contentes de ter um pouco de aveia!

E Jeanne se sentou perto da minha gamela, me olhando comer.

— Por que você sentou aí, Jeanne? Vem comigo saber notícias de Auguste. — chamou Henriette.

— Não — respondeu Jeanne. — Prefiro esperar Cadichon acabar de comer, porque, se sobrar um pouco de aveia, vou poder pegar sem roubar e dar pros meus coelhos.

Henriette insistiu pra ela ir junto, mas Jeanne se recusou e ficou perto de mim. Henriette se foi com seus primos.

Comi bem devagar. Queria ver se Jeanne, uma vez sozinha, iria cair na tentação de agradar a seus coelhos à minha custa. De vez em quando, ela olhava dentro da gamela.

— Como ele come! — dizia. — Ele não vai parar. Não deve ter mais fome, mas continua a comer... A aveia está diminuindo. Espero que ele não coma tudo. Se sobrasse pelo menos um pouco, eu já ficaria muito contente!

Bem que eu teria comido tudo, mas a menina me deu pena. Ela não tocava em nada, apesar da vontade que tinha de fazer isso. Então, fingi estar satisfeito e deixei a gamela de lado, com metade da aveia. Jeanne deu um grito de alegria, deu uns saltos e, pegando punhados de aveia, foi pondo em seu avental de tafetá preto.

– Como você é bonzinho! Como você é gentil, Cadichon! Nunca vi um burro melhor que você. É muita gentileza não ser guloso! Todo mundo o ama porque você é muito bom. Os coelhos vão ficar bem contentes! Vou dizer a eles que foi você que mandou a aveia.

E Jeanne foi embora correndo, com o avental cheio. Vi quando chegou à casinha dos coelhos, e a ouvi contando o quanto eu era bonzinho, que eu não era nem um pouco guloso, que eles tinham de fazer como eu, pois, como eu tinha deixado a aveia pra eles, eles, por sua vez, deviam deixar um pouco pros passarinhos.

– *Deixem um pouco pros passarinhos...*

– Eu volto logo – disse a eles. – E quero ver se vocês foram bons como Cadichon.

Ela fechou a porta da casinha e correu pra encontrar Henriette.

Fui atrás dela, pra saber notícias de Auguste. Perto do casarão, vi com prazer que Auguste estava sentado na grama com os amigos. Quando ele me viu chegar, se levantou, veio até mim e disse, me acariciando:

– Aí está meu salvador! Sem ele, eu estaria morto. Perdi os sentidos no momento em que Cadichon começava a me puxar pra terra. Mas vi muito bem quando ele se atirou na água e mergulhou pra me salvar. Nunca vou esquecer o favor que ele me fez, e nunca voltarei aqui sem dizer "bom dia" a Cadichon.

– O que você diz está muito certo, Auguste – disse a avó. Quem tem coração sente reconhecimento tanto por um animal quanto por um homem. Quanto a mim, sempre vou me lembrar dos serviços que Cadichon nos prestou, e o que quer que aconteça, decidi nunca me separar dele.

– Mas, vovó, há alguns meses você queria mandar Cadichon pro moinho! Ele teria sido muito infeliz lá – disse Camille.

– Mas não mandei, querida. Pensei nisso por um momento, é verdade, depois do que ele fez com Auguste e por causa de um punhado de pequenas maldades das quais toda a casa se queixava. Mas eu estava decidida a mantê-lo aqui em recompensa por seus antigos serviços. Agora, ele não só ficará conosco, como eu vou cuidar pra que ele seja feliz.

– Oh! Obrigado, vovó, obrigado! – gritou Jacques, saltando no pescoço da avó, que quase caiu. – Sou eu que vou sempre cuidar do meu querido Cadichon. Eu o amo, e ele vai gostar mais de mim do que de todos os outros.

– Por que você quer que Cadichon o ame mais que aos outros, meu pequeno Jacques? Isso não é justo – disse a avó.

– É sim, vovó, é justo porque eu o amo mais do que meus primos, e porque, quando ele foi malvado, ninguém quis saber dele, mas eu ainda o amava um pouco... ou até muito! – acrescentou, rindo. – Não é verdade, Cadichon?

Fui logo apoiar a cabeça no ombro dele. Todo mundo começou a rir, e Jacques continuou:

– Não é verdade, primos e primas, que vocês querem que Cadichon goste mais de mim do que de vocês?

– Sim, sim, sim! – responderam os primos, rindo.

– E não é verdade que eu gosto de Cadichon, e que sempre gostei mais dele do que vocês?

– Sim, sim, sim – repetiram todos em uníssono.

– E também, vovó, já que fui eu que trouxe Cadichon pra você, e já que sou eu que gosto mais dele, é justo que Cadichon goste mais de mim...

– Não peço nada melhor do que isso, querido. Mas, quando você não estiver aqui, não poderá cuidar dele.

– Mas eu vou estar sempre aqui, vovó – disse Jacques, com vivacidade.

– Não, querido, você não estará sempre aqui, pois seu pai e sua mãe o levam quando vão embora.

Jacques ficou triste e pensativo. Continuava com o braço apoiado no meu lombo, e a cabeça, em sua mão.

De repente, seu rosto se iluminou.

– Vovó, você dá Cadichon pra mim?

– Eu lhe dou tudo o que quiser, meu pequeno, mas você não poderá levar Cadichon com você pra Paris.

– Não, é verdade, mas ele será meu e, quando papai tiver um casarão, a gente leva Cadichon.

– Eu lhe dou Cadichon com essa condição, meu neto. Por enquanto, ele viverá aqui, e viverá provavelmente mais tempo que eu. Não esqueça, então, que Cadichon é seu, e que cabe a você fazê-lo viver feliz.

CONCLUSÃO

Desse dia em diante, meu patrãozinho Jacques pareceu me amar mais ainda. Eu, por minha vez, dei o máximo de mim pra me tornar útil e agradável, não só pra ele, mas pra todas as pessoas da casa. Não tive motivos pra me arrepender dos esforços que fiz pra me corrigir, porque todo mundo se ligou a mim cada vez mais. Continuei a cuidar das crianças, a preservá-las de muitos acidentes, a protegê-las contra homens e animais malvados.

Auguste vinha frequentemente ao casarão. Nunca se esquecia de me fazer uma visita, como havia prometido, e a cada vez me trazia uma pequena guloseima. Ora uma maçã, uma pera, ora pão e sal, que eu apreciava particularmente, ou então um punhado de alface ou algumas cenouras, mas nunca se esquecia de me dar aquilo que sabia que eu gostava. O que prova o quanto eu tinha me enganado sobre a bondade do seu coração, que eu julgava mau porque o menino tinha sido, algumas vezes, tolo e vaidoso.

O que me deu a ideia de escrever minhas memórias foram algumas conversas entre Henri e seus primos. Henri sustentava sempre que eu não sabia o que fazia, nem por que fazia. Suas primas e, sobretudo Jacques, acreditavam em minha inteligência e em minha vontade de acertar. Então aproveitei um inverno muito pesado, que não me permitia ficar fora do estábulo, pra escrever alguns eventos importantes da minha vida.

Eles talvez divirtam vocês, amigos. Em todo caso, vão fazer com que compreendam que, se desejam ser bem tratados, precisam tratar bem; que aqueles que vocês pensam ser os mais bobos não são tanto como parecem; que um burro possui, como os outros, um coração pra amar seus donos, ser feliz ou infeliz, ser um amigo ou um inimigo, mesmo sendo um burro.

Eu vivo feliz, sou amado por todos, tratado como um amigo pelo meu pequeno dono, Jacques. Começo a envelhecer, mas os burros vivem muito tempo e, enquanto eu puder caminhar e me sustentar de pé, colocarei minhas forças e minha inteligência a serviço dos meus donos.

Este livro foi composto com tipografia Electra e impresso em papel Off White 70 g/m² na Formato Artes Gráficas.